いま読む！名著

夏目漱石『明暗』を読み直す

飯田祐子
Yuko IIDA

家族ゲームの世紀

現代書館

いま読む！名著

家族ゲームの世紀

夏目漱石『明暗』を読み直す

＊

目次

序章

家族ゲームの物語としての『明暗』

日本近代のハイブリディティ

夏目漱石は、日本の近代文学を代表する作家として知られている。すぐに思い出されるのは、静かに何かを憂いているかのような表情を湛えた肖像写真だろう。漱石は、慶応三年、明治維新の直前に生まれ、日本の近代化を身をもって体験した。江戸から明治、そして大正へ。漱石が生きた五十年の変化の勢いは、すさまじいものだったに違いない。今を生きる私たちの世界ももちろん高速で変化し続けてはいるが、明治の変化と違うのは、変化に連続性が感じられるということである。明治における変化は、ただ速かっただけではない。それは文化の切り替わり、異質な生への変化であった。

暮らしの風景が、どんどん新しく異質なものに転じていくというのは、どのような経験だったのだろう。髷を結って着物を着て下駄で歩いて、親と同じような仕事をして一生を終えていたのが、みるみるうちに髪が短くなって髭をはやし、シャツを着て靴を履いて椅子に座って新聞を読み、遠くの国で起きている出来事をすぐ隣で起こっていることのように受け止めながら過ごすようになる。幼いときに学んだことが、青年のころには全く通用しなくなっていて、見たことも聞いたこともなかった考え方や感じ方が価値あるものとしてなだれ込んでくる。もちろんすべてが一気に変わるわけではなく、大正時代にも、着物で暮らし木と紙の家に住み、遠くへ行くこともなく過ごしていた人々はいたし、一人の人の生活のなかにも、外では洋服と靴で過ごしていても家に戻れば和服と下駄に着替えるというように、新しい形式と古い形式が混在していた。そのようなハイブリッドな状況のなかで、漱石という人は、決定的な暮らしの感覚の変化や生の質的変化という経験を、小説という形式のなかで描いた。

小説は、私的領域を描くメディアである。漱石は評論や講演などでは、国家や社会といった枠組みの大きな問題を巨視的に論じている。しかしながら小説では、公的領域の問題を深層に組み込みながらも、私的領域における人と人の細やかで複雑な関係を微視的に見つめる物語を書き続けた。私的領域には、生の質的変化が決定的に刻み込まれているからだ。とくに結婚や家族という場は、新しい文化的規範との交渉が最も熾烈になされる現場となる。漱石は、結婚や家族を、少しずつ焦点をずらしながら繰り返し書いた。本書では、その最後の作品、『明暗』という小説を読む。

『明暗』が連載されたのは『東京朝日新聞』の一九一六年（大正五年）五月二六日から一二月一四日までである（『大阪朝日新聞』では、五月二五日－一二月二六日）。一八八回まで書いたところで、漱石は没してしまった。未完であるにもかかわらず、実は漱石が書いたどの小説よりも長い。しかも物語のなかで経過する時間は、わずか二週間ほどのみである。語られている時間が短いにもかかわらず、小説が長いということは、小説のなかの時間がなかなか進まないということを意味している。時間が進まないのは、『明暗』が対話劇になっているからである。出来事が要約されることなく、登場人物の言葉のやりとりが細かく描き出されているので、時間の進みゆきが遅いのである。相手の言動や出方を読みつつ、こちらの言葉を選び態度を決定していくという互いのあり様が、詳細に描写されていく小説である。

登場人物を紹介しておこう。主人公は、津田由雄とお延という新婚の夫婦である。男性と女性、二人の主人公がいるというのは、漱石の小説では『明暗』のみである。二人は結婚して半年だが、すでにいろいろとすれ違いが生じている。物語が開始してまもなく津田は「痔」の手術のために入院することになる。それゆえ、津田とお延は異なる場所で過ごすことになり、津田の視点で描かれた部分と、お延の視点で描かれた部分が交互に配されて、物語が進行していく。新婚後はじめて一人になる時間を持つことが、自省や相手について考え直す契機になり、両者の思惑の違いが浮かび上がってくる。

周囲に登場するのは、津田の叔父夫婦の藤井、お延の叔父夫婦の岡本、岡本と旧知で津田の上司でもある吉川とその夫人、そして津田の妹であるお秀、さらに津田の古い友人である小林。これらの人々は、それぞれの思いを津田夫婦に抱いており、二人はその視線や言葉に曝されていく。津田夫婦に向けられた視線は、基本的に好意的ではない。あちらこちらから矢が向けられていて、若い夫婦は、それに応戦せねばならなくなっている。ただし、二人が自分たちの砦を守るべく団結して向かい合うのかといえば、そうでもない。二人の間にも、ずれが生まれているからだ。誰が正しく誰が間違っているのか、誰と誰が味方で、誰と誰が敵なのか、もつれ合った状況のなかのそれぞれの駆け引きを、ときに深刻にときにコミカルに語り出した小説である。

登場人物たちによって繰り広げられる舌戦のテーマは、津田夫婦の結婚生活のあり方である。端的にいって、津田夫婦の特徴は、新しさにある。明治に入って家族観は大きく変化し、大正期にはほぼ現在と同様の近代家族像が流布していた。かつては、戦前の家族は「家」制度を規範とした封建的なものと捉えられていたが[*1]、現在では、その近代的性格が指摘されている。とくに注目されてきたのは、西洋から輸入された家族観が「家庭」という語を軸にして広がっていたことである[*2]。「家」は直系の親族が一つの共同体を構成していて、家長を頂点に置いた階層的な規範によって結び合わされているが、「家庭」はそれとは、全く異なっている。「家庭」は、「愛情」によって結び合わされた、夫婦と子供からなる親密な私的空間を意味している。[*3] 日本の戦前の家族は、この「家」と「家庭」のハイブリッドであり、その混ざり具合が、グラデーションをなしていたといえる。長男であるのに親と離れて核家族世帯を築いている津田夫婦は、そのグラデーションのなかの新しいタイプといえる。

なかでも新しさとして重要なのは、二人が「恋愛結婚」をしているということにある。

日本の「恋愛結婚」については、戦前は「見合い結婚」が中心で、戦後に「恋愛結婚」へと移行したと考えられてきたが、近年、この理解の仕方についても見直されるようになっている。というのも、「見合い結婚」の実態を調査すると、親の意向と本人の希望が重なり合うよう工夫がされていたことが分かってきたからだ。より実態に適した用語として、「友愛結婚」という語に注目する研究も出ている。[*4] これまた、前近代的な枠組みと近代的また西洋的な枠組みとのハイブリッドということができる。

「恋愛結婚」という考え方が、感情的な結び付きを前提とした望ましいものとして理念的に広く唱えられるようになるのは大正中期である。そのころ、恋愛を実践する人々も、現れた。たとえば、炭坑王の夫を捨てて宮崎龍介という若い恋人を選んだ柳原白蓮の恋愛事件や、東北帝国大学教授の石原純と歌人の原阿佐緒の恋愛事件などである。とはいえ、もちろん「恋愛結婚」を実践した人はマジョリティではなかった。こうした時代背景のなかで考えれば、大正五年に書かれた津田夫婦は、きわめて新しい結婚のスタイルを実践しているといえるのである。

現在の家族と結婚

『明暗』から百年。現在の私たちにとって、家族や結婚は、どのようなものになっているだろう。少なくとも、「結婚」するのが当然という皆婚社会の常識はすでに過去のものとなっている。実際、生涯未婚率は増加し続けており、二〇二〇年の統計では、男性で二八・三％、女性で一七・八％で、調査の度に増えている。とはいえ、既婚者が少数派に転じたわけではなく、依然、既婚者は未婚者を大きく上回っている。また未婚者にいずれ結婚する気があるかと問えば、あるとの答えが、男女いずれにおいても八割を超えている。[*5]「結婚」が否定される時代が来ているというわけではないだろう。

ただし、恋愛と結婚の関係性には変化がありそうだ。恋愛と結婚を結び付け、それを幸福の土台とする考え方を説明するロマンティックラブ・イデオロギーという用語があるが、現在では恋愛のゴールを結婚とする考え方は弱体化している。恋愛は、必ずしも結婚に結び付かなければならないというわけではない。しかし一方で、結婚に恋愛感情を求める考え方は決して弱まってはいないという指摘もある。社会学者の谷本菜穂と渡辺大輔は、この現象を「ロマンティックマリッジ・イデオロギー」と名付けている。[*6]ことに若年女性にその傾向が強いという。恋愛と結婚は直結しないが、結婚にはやはり「恋愛感情」が必要とされている。

『明暗』の書かれた時代を振り返れば、現在とは違って、誰もが結婚し、結婚することが「一人前」になることを意味していた。一九二〇年の国勢調査では、未婚者は、二〇歳代後半で男性二五・七％、女性は九・二％、三〇歳代前半の男性が八・二％、女性が四・一％、そして五〇歳時（＝生涯未婚率）で男性二・二％、女性一・八％である。確かに、「皆」が結婚していたといってよい数字である。結婚をするかしないかという選択の自由はなかったというべきだろう。お延は、「あたしはどうしても絶対に愛されて見たいの」と言い放つ女主人公であるが、お延の「愛」への執着は、単なる恋愛としてではなく、恋愛結婚のなかでのそれとして描かれている。『明暗』は、結婚を、ゴールではなく出発点に置いた物語であり、当時においては先端的な、そして私たちの時代のロマンティック・マリッジの起点となる物語なのである。

家族ゲーム

『明暗』で描かれるのは、恋愛結婚後の家族の時間ということになる。そこで、本書で用意したのは「家族ゲーム」という言葉である。

「ゲーム」の含意について説明しておこう。ゲームには、ルールがある。そのルールの共有を前提として、複数の人間で構築するのがゲームである。家族についても同様に考えることができるだろう。家族は、構成員にそれぞれの役割があり、各役割の内容や組み合わせのルールを互いに共有したうえで、それぞれが各自の役割を遂行することによってはじめて機能する共同体だからだ。「夫」と「妻」、子供がいれば「父」と「母」、子供にも「子供」としての役割がある。その役割を組み合わせて、家族という共同体は動いている。

家族の役割には、それぞれの時代によって社会的に構築された規範があり、私たちはそれぞれの個性を役割のなかに入れ込んで、相互の関係性のなかで家族としての時間をつくり出している。もちろん、ゲームのルールは本質的なものではなく、あくまでもそれは社会的に文化的に構築されたものであって、変化し続けてもいる。家族ゲームの具体的なルールは、固定されきってしまうものではなく、つくり出され続けていくものだ。参加者は、向かい合っている場のルールを、ときに変更を加えながら共有し、そのなかで相手の出方をみて意志決定をしていく。「ゲーム理論」という学問領域があるが、そこでは、参加者が互いの出方を予想して意志決定するという戦略的状況をゲームと呼ぶ。[*7] 家族という場でも、参加者がただ粛々と役割をこなしているわけではなく、かけ引きや意志決定が絶えず行われている。ゲームという言葉は、そのような戦略的状況としての家族の側面について考えるのにふさわしい。

ゲーム理論では、個々の参加者にとって最も「均衡」のとれた結果の選択がどのようなものかが検討される。本書では、ゲーム理論の具体的な議論を組み入れることはしないが（それをする能力も筆者にはないが）、ゲーム理論で重視される「均衡」という観点は、家族について考えるときにも非常に重要だろう。「均衡」は、参加者それぞれにとってのメリットとデメリットを掛け合わせていったときの、最も妥当だと思われる状態を指す。スポーツなどの場合とは違って、勝者と敗者を単純に決定するのではない方向性で検討がなされるわけである。家族というゲームは、とりわけ、容易に勝敗を決することのできないものといえるだろう。参加者のなかに勝者と敗者が生まれるような状況は、家族にとって決して望ましいものとはいえない。大切なのは「均衡」を探ることだ。しかしそれは、どのような状態なのか。誰がどのように振る舞えば、よいのか。そもそもどのようなルールをつくり出せばよいのか。どうすれば、「幸せ」だと感じられるのだろうか。家族は、形のはっきりしないゴールに向かって自分の役割をふまえつつ、相手の状況を考慮して意志決定をし続ける、戦略的状況としてのゲームの現場なのである。

終わりのないゲーム

「家族ゲーム」といえば、本間洋平の『家族ゲーム』という小説も思い出される。一九八一年にすばる文学賞を受賞し、その後ドラマ化や映画化もされた。[*8] 団地に住む父・母・息子二人の四人家族に、弟の家庭教師となった吉本が加わることで、家族の問題が炙り出されていく物語である。工場を営む父親は、息子の学歴にしか関心を示さない。兄の慎一は成績がよいが、弟の茂之は成績が悪くいじめにもあっており殻に閉じこもっている。茂之の高校受験を前に家庭教師として来た吉本は体罰も厭わず、茂之の成績を上げ、茂之は高校入学を果たすも、再び不登校となって殻に閉じこもっていく。

受験戦争に注目しつつ、家族の場をゲームと名付けることで、「子供」が「父」と「母」によって構成されたルールで動く「駒」となるという事態を批判的に描き出した小説であった。受験戦争の勝者になることが家族の「幸せ」になるというゴール設定は、彼らが個人的に生み出したものではない。家族の場のゲームは、より大きなゲームの一部に組み込まれているからだ。家族は、社会にとっては再生産の場であり、個人にとっては愛情や安心を充足するための場であると同時に社会的承認を得る場にもなる。家族の単位で、その外側にある社会におけるゲームに参加しているという言い方もできるだろう。家族は、その内側の関係においても、その外側との関係においても、絶え間ない駆け引きと意志決定が繰り広げられるゲームなのである。

そしてそのゲーム性が際立つのは、ゲームに支障が発生したときである。息子たちの自閉、それによる父親の苛立ち、母親の歎き、一家のゲームは上手くいかない。母親は最後に「どうして、みんな、……私の言うこと、……聞いてくれないのかしら、……みんな、……私を、無視して」と嗚咽にむせぶ。小説の語り手となっている慎一は、家族のゲーム性を認知しながらも、これからもこのパターン化された関係を続けていくのだろうと考える。参加者の思惑の間には軋みや齟齬が発生し、ゲームは筋書き通りには進まないのだが、それでも続くのである。

家族ゲームは、容易に終了することのできないゲームである。ゴールを定めることの難しい、継続することと自体が目的となるゲームということもできるだろう。本書で論じる『明暗』は、近代的な恋愛結婚とそこから始まる家族の時間が、日本のなかに生まれ始めた時期に書かれた小説であり、駆け引きに溢れた家族のゲーム性をくっきりと浮かび上がらせる小説である。「夫」と「妻」として生きるとはどのようなことか、そのルールはどのようにつくられていて、何を選択すべきなのか、ゴールはどこに定めるべきなのか、どこに「均衡」をみつけ、どうゲームを継続していくのか。二人の主人公が、別々の思惑を生きつつ、家族というゲームを生きていく物語を読んでみたい。

未完の遺作『明暗』

本書での読み方は、これまでの『明暗』の読まれ方と、どのようにつながっているかということも、簡単に説明しておこう。

『明暗』が、未完の遺作*9となったことは、初期の読まれ方を決定付けた。連載直後に刊行された単行本『明暗』の表題の下には「漱石遺著」と付されている。読者は、漱石先生は何を最後に伝えようとしていたのかと問いつつ、読んだだろう。
漱石の死が報じられた翌日には、漱石の最後を語る記事が各新聞に掲載された。影響が大きかったのは、次の記事だ。

「漱石氏逝く」
▲徹底的な先生の人生観
▽森田草平氏談　先生は二三ヶ月前から思想上に余程変化を来たして居た様に考へられるそして近頃は「私を捨て〻天に則れ」と云ふ様な哲学的《ママ》を境地に往来して居られた様であつた。
(『読売新聞』一九一六年一二月一〇日)

森田草平は、漱石の弟子たちのなかでも中心的な存在で、その側近の弟子によって伝えられた「私を捨て〻天に則れ」というフレーズは、その後「則天去私」という四字熟語として語り継がれることになった。草平より一〇歳下の赤木桁平がまとめた『夏目漱石』でも、漱石の足跡は「戦ひの人」から「則天去私」へと結ばれ、『明暗』がその到達点に置かれた。[*10] 漱石に最も愛された弟子といわれた小宮豊隆は、『漱石全集』を編み、第九巻『明暗』の「解説」に「漱石が、それに仕へる事を無上の歓びとした、より高きイデーとは何であるか。——それは言ふまでもなく、漱石の所謂「則天去私」の世界である」[*11]と述べている。『明暗』は、「則天去私」というキーワードとともに、彼らが師を仰ぎ見る視線のなかで読まれ始めた。

「則天去私」を中心にした読解は、その後しばらく続いた。しかしながら、一九六〇年代の後半あたりから、新しいキーワードが出てくる。「人間」である。たとえば、猪野謙二は『明暗』のなかに「自己肯定」的な「人間の活力」[12]を見出したし、江藤淳は「緊迫した人間的な劇の世界」[13]として読んだ。こうした読み方の変化には、時代の変化が影響している。戦後の社会を動かしたのは民主主義という新しい理念である。「国家」を中心とした時代への批判が、それに対抗する「人間」への関心を生み出した。「天」に向かって「私」を消していくような姿勢は、「国家」の大義に個人が回収される危うさへと転じかねない。むしろ「人間」のエゴイズムを見つめることの方に、価値が見出されるようになったのである。「則天去私」が、刺激的でも高邁でもなくなった時代が来たのだといえる。

　それからまた二〇年ほどたって一九八〇年代に入ると、「人間」ではなく「関係」がキーワードになる。すべてのものが関係の網目のなかにあるということが認識されるようになったからだ。人にも物にも何かの本質があるのではなく、文化的につくり出された差異によって、それぞれの意味や価値が生み出されているという考え方が、欧米では六〇年代あたりに「構造主義」という枠組みで論じられるようになり、日本でも八〇年代には広く行き渡った。『明暗』も、答えなど求めず、絶えず組み換えられていく関係の縺れそのものを書いた作品として読まれるようになる。たとえば、三好行雄は、「明晰な審判者としての視点を放棄した漱石が、手探りしながら乗りだしてゆく新しい旅の起点」があると論じた。[14]「則天」とは、全く正反対といってもよい読み方である。俯瞰的に他を見下ろすようなあり方は、もはや理念として語り得ないのである。柄谷行人は「一つの視点=主題によって〝完結〟されてしまうことのない」「多声的《ポリフォニック》な世界」を読んだ。[15]「多」は「他」から生まれる。理解できない存在としての「他者」、なおかつ関係を閉ざすこともできずともに生きていかねばならない「他者」。そのような「他者」といかにして関係を生み出し、いかにして「他者」を受け容れていくか。自己の完結や安定ではなく、止まることのない変容に向けて思考が開かれていると読むことで、『明暗』の現代的な価値が探られたのだった。

さて、それから現在まで、さらに二、三十年の時間が流れているが、「関係」や「多数性」、「他者」に対する敏感さに価値が見出されるという点は、大きく変わってはいない。ただし、他者との重層的な関係がどのような力学ででき上がっているのかという点に、目が向けられるようになった。本書で扱う男と女というジェンダーに関わる差異や、結婚や家族という場の問題、私的領域と公的領域の配置についての考え方などが注目されるようになったのは、他者との関係における力の問題が思考されるようになったからだ。漱石は、他者という存在やその力関係に対して、鋭利な敏感さを持つ作家である。これから『明暗』を読み直していくが、「家族」や「結婚」のあり方を見つめながら、今取り出してみたいのは、関係の非対称性や不具合であり、好意的とはいえない他者との交渉であり、交渉のなかで自己を絶えず組み換えていくしたたかさである。上手くいかない家族ゲームが、その舞台となる。

『明暗』の家族ゲームを読む

さて、それでは以上を前置きとして、『明暗』のページをめくることにしよう。

いくつかのテーマを用意している。第1章では、家族ゲームのゲーム性が可視化しているということとについて論じる。家族の虚構性といい換えることもできるだろう。二人の主人公が、それぞれ「妻」や「夫」という役割を演じようとしていることを、確認したい。第2章では、言葉のジェンダー・ポリティクスについて考える。ジェンダーは、家族ゲームを構成する重要な要素である。『明暗』に盛り込まれた対話にはジェンダーの差異が明らかに組み込まれており、そしてお延と津田は、そのポリティクスから、それぞれにはみ出している。ジェンダー規範が再生産されるだけではないところが、『明暗』の読みどころである。第3章と第4章では、津田とお延のそれぞれについて考えてみたい。『明暗』で語られるのは、新婚の二人の間で、すでに家族ゲームのルールやゴールがずれているということである。「夫」の物語と「妻」の物語は、全く異質なものとなっている。第3章では「夫」の物語として、「金」にまつわる問題を取り出したい。「夫」にとっての家族の問題が「金」の問題となるということは、近代家族において「夫」が稼ぎ主の役割を担ってきたことを思い起こせば容易に理解されるだろう。大正時代でも現代でも稼ぎ主であることが男性性の評価の中心に置かれており、男性学などの領域ではその抑圧性も、指摘されてきた。漱石はこの問題に非常に意識的であったと思われる。現代にもきわめて重要な問題として論じられている結婚における経済的格差の問題にも光が当てられている。第4章では、もう一方の「妻」の物語を読む。「妻」にとって重要なのは「愛」である。ロマンティックラブ・イデオロギーからロマンティックマリッジ・イデオロギーへと上書きされてきたやっかいな理念である「愛」は、生殖や結婚と道徳的に結び合わされて、近代社会の私的な人間関係に意味や価値を与える概念として機能してきた。近代家族を駆動する動力であり、その主たる担い手となってきたのは女性である。お延という女性主人公は、この理念を握り締めて、家族ゲームを生きている。規範的な「愛」の枠組みとともに、お延の特殊性を読んでみたい。そして第5章では、第1章から第4章まで近代的家族ゲームの具体的な様相を読んだのとは逆に、『明暗』にはそれをぐら付かせる特徴もあることを確かめたいと思う。注目するのは三角関係である。実は、漱石の小説は、ほとんどが三角関係によって語られている。漱石は三角形を成す関係性に強い拘りを持った作家であった。『明暗』においても、やはり三角形が組み込まれている。しかしながら『明暗』が漱石のそれ以前の作品と異なるのは、三角形が次々と現れ、それによって安定した物語構造が揺らされているということである。異性愛の物語に収まりきらない関係性や、あるいは異性愛の物語であってもそれまでのジェンダー・ポリティクスを組み換えるような試みが『明暗』ではなされている。三角形の増殖に目を向けることで、最後に『明暗』の特異性を読んでみたいと思う。

『明暗』に描かれた一〇〇年前の時間と私たちの現在を行き来しつつ、結婚と家族を超えて、その先に見えるものに手を延ばしてみたい。

なお、『明暗』本文の引用は、読みやすさを考えて、現代仮名づかいで表記された『明暗』(岩波文庫版、改版一九九〇年)を用いた。他の作品についても同様に、引用は、岩波文庫版による。また、ルビは省略し、三字落としにした引用文については、漱石の作品には多くの版があるので、岩波文庫版のページ数ではなく、多くの版に共通して示されている章あるいは節数を示した。

＊1　鹿野政直『戦前・「家」の思想』

＊2　上野千鶴子『近代家族の成立と終焉』、牟田和恵『戦略としての家族　近代日本の国民国家形成と女性』、沢山美果子『近代家族と子育て』など。「家」制度そのものの近代性についても、近代的家族国家主義などの点から検討されている。

＊3　「家庭」には、落合恵美子『近代家族とフェミニズム』で整理された近代家族的な特徴（①家内領域と公共領域の分離、②家族成員相互の強い情緒的関係、③子ども中心主義、④男は公共領域・女は家内領域という性別分業、⑤家族の集団性の強化、⑥社交の衰退、⑦非親族の排除、⑧核家族）を認めることができる。

＊4　デビッド・ノッター『純潔の近代　近代家族と親密性の比較社会学』、桑原桃音『大正期の結婚相談　家と恋愛にゆらぐ人びと』など。

＊5　「いずれ結婚するつもり」という一八－三四歳の未婚者は、男性では八一・四％、同女性では八四・三％。「第16回出生動向基本調査（結婚と出産に関する全国調査）」国立社会保障・人口問題研究所、二〇二一年実施。五年前の調査より、下がっている。

＊6　谷本菜穂・渡邉大輔「ロマンティックラブ・イデオロギーとロマンティックマリッジ・イデオロギー　変容と誕生」、小林盾・川端健嗣編『変貌する恋愛と結婚　データで読む平成』

＊7　鎌田雄一郎『ゲーム理論入門の入門』

＊8　一九八三年に公開された森田芳光監督、松田優作主演の映画『家族ゲーム』も、高い評価を得た。第七回日本アカデミー賞で優秀作品賞、優秀監督賞などを獲得した他、受賞多数。

＊9　漱石は、『明暗』の連載途中一九一六年の一二月九日に亡くなり、その後、すでに書いていた原稿が掲載された。翌年の一月二六日には、岩波書店から単行本『明暗』が出た。巻頭には漱石の上半身と最後の回の原稿の写真が付されている。読者は、単なる作者近影としてではなく「遺影」として対面したに違いない。

＊10　赤木桁平『夏目漱石』、三三五ページ

＊11　小宮豊隆「解説」『漱石全集』第九巻、八〇二ページ

＊12　猪野謙二『明治の作家』、一六五ページ

＊13　江藤淳『決定版　夏目漱石』、一六〇ページ

＊14　三好行雄『鷗外と漱石　明治のエートス』、一九七ページ

＊15　柄谷行人『漱石論集成』、二九七ページ

第1章

「家庭」という劇場

1983年の大ヒット映画で流行語にもなった『家族ゲーム』という言葉。
今でこそ、日常的でありふれたものかもしれないが、その感覚は
『明暗』の発表された大正時代には先鋭的で刺激的なものだったに違いない。
そこに描かれた「演技する家族」のあり様を
ていねいに抽出することから本書は始めて行こう。
様々な思惑から自己演出する「妻」と「夫」。そこに世間という「他者」の視線が絡み、
演技性は複雑化していく。注目すべきは、家族を主宰する存在としての
「近代主婦」の誕生を漱石がすでに描いているということ。
現代の「カリスマ主婦」「セレブ主婦」などにつながっていく。

1 家族ゲームと秘密

「痔」から始まる物語

『明暗』は「痔」から始まる。

病が物語の軸に据えられることは珍しくない。私たちは、苦しみと結び付く病に対して、科学的に理解しようとする抑制的な姿勢を持たなければ、すぐに物語を付してしまう。スーザン・ソンタグが「隠喩としての病い」*1という切り口で批判したように、結核や梅毒やペスト、また現代であれば癌やエイズといった病は、繰り返し物語化され意味を付されてきた。しかし、「痔」はどうだろう。「痔」は、シリアスな物語とは縁遠い。「痔」から始まる小説は、きわめて特異ではないか。

「痔」には広く共有された記号性はない。しかし、小説の冒頭に置かれた病として、もちろん『明暗』の「痔」には物語を方向付ける意味がはっきりと付されている。恋愛結婚の物語の先行きが、「痔」によってどのように方向付けられているのか、それを確かめるところから、始めよう。

冒頭、診察が終わって手術台から降りた津田に、医者は次のように言い渡す。「やっぱり穴が腸まで続いているんでした」「今までのように穴の掃除ばかりしていては駄目なんです。（略）今度は治療法を変えて根本的の手術を一思いに遣るより外に仕方がありませんね」。ここには、物語の行く末が暗示されている。表面からは見えない深さに問題が及んでいて、それゆえ「根本的」な「治療」がなされるらしい。「痔」の診断は、見えない問題が掘り起こされ、それが根本的に解消される物語が展開されていくということを力強く暗示している。

その深い問題についても、「痔」から語り起こされていく。津田は、「痔」になったことから、次のように考える。「この肉体はいつ何時どんな変に会わないとも限らない。それどころか、今現にどんな変がこの肉体のうちに起りつつあるかも知れない。そうして自分は全く知らずにいる。恐ろしい事だ」。日常的には自分が所有していると感じられている自分の身体が、自分の意図とは無関係に存在しているという気付きを得て、津田は脅える。[*2] さらにこの不安が、肉体から精神界へとアナロジカルに深められていく。「精神界も同じ事だ。精神界も全く同じ事だ。何時どう変るか分らない。そうしてその変るところを己は見たのだ」と言う。

そして、それに続いて、結婚の物語が浮上してくる。

どうしてあの女は彼所へ嫁に行ったのだろう。それは自分で行こうと思ったから行ったに違ない。しかしどうしても彼所へ嫁に行くはずではなかったのに。そうしてこの己はまたどうしてあの女と結婚したのだろう。それも己が貰おうと思ったからこそ結婚が成立したに違ない。しかし己はいまだかつてあの女を貰おうとは思っていなかったのに。(二)

津田にはお延の前に結婚するつもりだった女がおり、その関係が破れてお延と結婚したという事情がみえる。問題なのは、相手が変わったということにはなく、その成り行きにおいて、自分の意志がどう働いたのか、津田自身に分からなくなっていることだ。こうして「痔」が結婚問題に着地して、

『明暗』の物語は幕を開ける。結婚は、自分の意志と自分が置かれている状況がどうにもうまく繋がらないという底知れない不安に満ちた経験として描かれていくのである。

「痔」が二つの病との対照のなかで語られていることにも注目しておこう。家族と結婚の物語にとって、この対照は重要な意味を持っているからだ。

一つ目は「結核」である。「私のは結核性じゃないんですか」「いえ、結核性じゃありません」という具合に、津田の痔は結核性のものではないと、はっきりと対照されている。医者は、「結核性なら駄目です。それからそれへと穴を掘って奥の方へ進んで行くんだから、口元だけ治療したって役にゃ立ちません」とも言う。津田の痔は治療可能で、致死的なものではないということになる。結核は死の病である。それゆえ結核が語られる物語は、孤独に世を去る憂いの士か、死にゆく美しきヒロインが主人公となるのが常套となるが、[*3]『明暗』は、どちらの物語とも関係ないことになる。ロマンティックに悲劇化されてきた「死の病」とは異なる方向に『明暗』は進もうとしているといえるだろう。

痔と対照されるもう一つの病は、「性病」である。津田が通う泌尿器科には、性病に罹患した男たちが通っている。津田はそこで二人の男に会っている。一人は津田の妹お秀の夫であり、もう一人は友達である。この友達は、津田が結婚するつもりだった清子の夫となった男だと推定される。清子は物語の現在において健康を害して湯治に行っており、その病が何なのか小説のなかに明示はされていないのだが、友達にこの病院で出会ったというエピソードは、清子が性病に罹患していることを仄めかしている。

性病患者の男たちは、病院の一階の待合室にひっそりと座り込んでいる。

この陰気な一群の人々は、殆んど例外なしに似たり寄ったりの過去を有っているものばかりであった。彼らはこうして暗い控室の中で、静かに自分の順番の来るのを待っている間に、むしろ華やかに彩られたその過去の断片のために、急に黒い影を投げかけられるのである。そうして明るい所へ眼を向ける勇気がないので、じっとその黒い影の中に立ち竦むようにして閉じ籠っているのである。（十七）

「暗い控室」にいる「陰気」な男たちから離れて、津田は二階に上がり、明るく「陽気」な陽が差す部屋に入院する。どことなく粋で、自宅よりも上等に見えるという部屋である。「痔」は、津田と、彼らとの違いを明瞭化する。「性病」に直結する夫の放蕩は、不幸な結婚物語の常套的要素である。お秀の結婚も清子の結婚も、その意味で分かりやすく不幸である。一方、津田夫婦の結婚は、その傍をすり抜け、明るい場所へと開かれている。津田夫婦には異なる物語が用意されていくことになるはずだ。

『明暗』は、「痔」から語り出される恋愛結婚の物語である。そのような物語は、他に例をみない。『明暗』では、ありふれた悲劇とは違う、新しい物語が展開していくのである。

家族と秘密

『明暗』の新しい側面を、本書では、大正時代に生まれたばかりの近代家族を描く、家族ゲームの物語として読んでみたい。その時代を、現代の始点として読むことができるだろうと考えている。

愛情で結ばれた近代家族においては、互いの間に嘘や秘密をつくらずに、どんなことも言葉にして伝え、互いの内面を共有して、支え合うことが理想とされる。しかしながら実際には、家族のなかにあっても一人で感じたり考えたりして誰にも話さないことが、当然ある。家族のなかで思惑のすれ違いが発生することもある。その度に、個々の思いを剝き出しにするわけにはいかないので、それぞれの内側には語らない感情が隠され、溜め込まれていく。そうすることで均衡がとれるのなら、その方が望ましいからだ。また、誰にとっても、家族の外側で過ごす時間があるが、外で起きた出来事のすべてを家族の内側に持ち込むわけでもない。家族のなかには、語られていない出来事や感情がたくさん潜んでいる。

家族ゲームの物語には、こうした共有されていない情報、秘密がつきものである。

秘密は、家族のなかに、秘密を持つ者と秘密を知らない者の差違をつくり出す。そして、秘密を隠す者とそれを暴こうとする者の間の駆け引きを発生させる。さらに秘密は、家族の「理想」の虚構性を高めるものともなる。家族のなかに、秘密をめぐって個別の事情が生まれるとき、「妻」や「夫」、「母」や「父」や「子」といった役割から構成されたルールを共有し演技することで、表面上の関係が維持されていくからだ。秘密を守るためには、役割からはみ出さない方がよい。また秘密を暴くためにも、その意図を戦略的に隠すために、役割からはみ出さない方がよい。つまり、秘密は、家族の空間のゲーム性を高めるのである。前近代的な家族とは違って、近代家族の空間には濃密な情動が絡み合っている。家族は、表面から見えないところに秘密を潜ませながらも継続していかなければならない、容易に解消することのできない関係性なのである。

二つの秘密

『明暗』の物語を動かしていくのは、津田がお延に話していない二つの秘密である。一つは金に関わる秘密で、もう一つは愛に関わる秘密である。この二つの秘密をめぐって駆け引きが展開されていく。

一つ目の、金銭に関わる秘密とは、次のようなものである。津田は仕送りを実家からもらっている。お延も、それは知っている。しかし、それが一種の借用であって、月々の分をボーナスで返済する約束をしていることを、お延は知らない。なぜなら、津田は、父の金に対する厳しさをお延が軽蔑するのではと恐れて、お延に隠しているからだ。ところが、そうした状況であるにもかかわらず、経済的に苦労したことのない津田は、父との約束を軽んじて返済をせず、仕送りを止められてしまう。通常の生活費に加えて「痔」の入院費も必要となり、津田は金銭的に困る状況に陥っている。これが、第一の秘密である。津田と父との約束の間には、妹夫婦も関係していて、妹のお秀も巻き込んで、悶着が起きていく。

加えて、第二の秘密がある。先に引用した箇所に示されていた、お延と結婚する前の、別の女性との関係である。清子という名は百三十七節まで出てこないが、お延以外の人物たちは、皆この事実を知っており、お延は彼らの態度から何かあるということを感じ取っていく。

とはいえ、結婚関係の外に、別の異性との関係があるというのは、家族の秘密としてはありきたりなものだ。かりに夫たちが外での放蕩のために性病にかかったとしても、それすら妻にとってはありきたりな不幸である。性病にかかった夫を持つお秀も清子も夫の放蕩を知っていて、そこには秘密はない。『明暗』は、清子の存在をお延に知らせないことで、秘密をつくり出す。秘密によって、津田とお延の家族ゲームは、ぎくしゃくし始め、先行きの分からないものへと変質していくことになる。秘密が潜んだ家族という、現代にそのまま重なる物語が語られるのである。

先に述べた通り、結婚に関わる津田の動揺は、身体と意志との乖離という枠組みで語られたもので、結婚相手を間違えたとか、妻の他に好意を抱いている相手がいるとかいうような、単純なものではない。「己が貰おうと思ったから」とあるように、津田とお延の結婚は、津田自身の意志によって結ばれた恋愛結婚である。問題なのは、当時では圧倒的に少数派であった恋愛結婚をしていながらも、自分と相手の結び付きの必然性がかき消えているということである。この人でなければならないという取り替えのきかない相手の固有性や、この人だからという結び付きの必然性は、「恋愛結婚」の根本を支えるイデオロギーといえるはずだが、「痔」について考えているうちに、その必然性が根本的に揺らいでしまう。一方の、お延にとっても、見えないところに、何があるのか、誰かいるのか、分からず、手に入れたと思っていた幸せな結婚生活に、だんだん不安が混じり込んでいく。妻に語れない秘密を抱えた津田と、それを明るみに出したいお延の間の攻防が物語を動かしていくのである。

2　家庭という劇場

新婚家庭の風景

二人の結婚生活は、どのようなものとして描かれているだろうか。診察を終えて、津田が戻っていく家族の空間は、次の様に語り出される。

角を曲って細い小路へ這入った時、津田はわが門前に立っている細君の姿を認めた。その細君はこっちを見ていた。しかし津田の影が曲り角から出るや否や、すぐ正面の方へ向き直った。そうして白い繊い手を額の所へ翳すようにあてがって何か見上げる風をした。彼女は津田が自分のすぐ傍へ寄って来るまでその態度を改めなかった。

「おい何を見ているんだ」

細君は津田の声を聞くとさも驚ろいたように急にこっちを振り向いた。

「ああ吃驚した。――御帰り遊ばせ」

同時に細君は自分の有っているあらゆる眼の輝きを集めて一度に夫の上に注ぎ掛けた。それから心持腰を曲めて軽い会釈をした。

半ば細君の嬌態に応じようとした津田は半ば逡巡して立ち留まった。

「そんな所に立って何をしているんだ」

「待ってたのよ。御帰りを」

「だって何か一生懸命に見ていたじゃないか」

「ええ。あれ雀よ。雀が御向うの宅の二階の庇に巣を食ってるんでしょう」

津田はちょっと向うの宅の屋根を見上げた。しかし其所には雀らしいものの影も見えなかった。(三)

津田を迎えるのは、細君のお延である。お延は、演技する女として登場する。自分が津田の視界に入ったことを確認しておきながら、にもかかわらずまるで気付かぬようなふりをし、声をかけられてはじめて印象に残る表情を用意して振り向く。お延の振る舞いは、あざといというより他ない。いもしない雀を見ていたと答えているのは、小さな生き物に思わず気を取られる可愛らしさを演出しようとしたのかもしれないし、振り向くために視線をそらしていたら、「何か一生懸命に見ていたじゃないか」と問われて咄嗟に思い付きを口にしたのかもしれない。いずれにせよお延が、素直さや純朴さ、あるいは単純な美しさといったものから縁遠い女であることは間違いがない。お延は、表面に示された態度の奥に何かの意図が潜んでいると感じさせる女であって、津田に安心を与えるどころか、警戒を覚えさせている。『明暗』が描く家族の空間は、このような駆け引きに満ちている。

演技をする女だということは、女主人公となるお延の重要な特徴である。お延は、自分の振る舞いが演技だと津田に思われているということに、気付いているのかいないのか。お延の態度が、あまりにもわざとらしいということをふまえれば、もしかしたらお延は演技していること自体を隠そうとはしていないのかもしれない。というのも、津田はその振る舞いを「嬌態」と感じているのだから、夫に魅力的な女性だと思われたい妻の態度として、津田は受け止めていることになる。もし夫がこのような演技を好意的に受け止めるのならば、このあざとさはいじらしさとして理解されうるだろう。少々面倒な形をとってはいても、この演技が、夫に対する愛情と理解されることも可能なはずだ。

しかしながら、津田の視線で描かれるのは、そのような可憐な女ではなくむしろ不穏な女である。津田は「半ば」嬌態に応じようとして、「半ば」逡巡している。もし津田が嬌態にそのまま応じれば、この演技は二人を近づける効果を及ぼしたはずだ。ところが津田は、お延がつくり出そうとしている雰囲気に乗らず、ふと流れを止めてしまう男なのである。

演技するということを、芝居などに限定しないで、広く一般化して考察した社会学者のゴッフマンは、英語の person の語源は、persona 仮面であって、演技をすることと人間であることは切り離せるものではなく、演技するということが人を人たらしめているのだという。[*4] ゴッフマンの指摘で重要なのは、演技は、自分のための「私的利得」だけを目的として行われているのではないということである。人は、他者との関係を生み出すため、より強くいえば他者のために演技を行う。また舞台となる場を維持するためにこそ、演技は行われる。人は、互いに演じ合うことによって、関係を生み出していくのである。それゆえ、参加者間の協力関係がなければ、場は成立しない。ゴッフマンはそのような場がはらんだ脆さを「ごく些細な不運な出来事で粉々になりかねない繊細な壊れ物」[*5] と説明している。ともにその場を成立させるために演技を行うことが必要なのであり、誰かがその演技に抵抗すれば、場自体が壊れてしまうことになる。

お延の演技を「嬌態」として読み解いている津田は、お延の演技の意図を理解している。しかしながら、それに応えず、お延の意図に抵抗している。新婚家庭の風景の共演者でありながらも、お延が用意した役、「愛される夫」という役を素直には受け容れない。津田は、協力しない共演者なのである。安心を与えるはずの家庭がそうならないのは、津田が協力しないからである。そして、この非協力的な姿勢が、家庭という空間のゲーム性を露わにする。

妻の演技・夫の演技

先に述べたように、津田のなかでは、恋愛結婚が帯びていたはずの必然性がぐらつき始めている。つまり、二人の家族ゲームを成立させるマスターコードに対する盲目的な信頼や熱意が、津田のなかから消えかけているのである。お延に向ける津田の眼差しは、醒めている。津田がお延の嬌態に応じていれば、このやりとりは、新婚夫婦らしい一コマとなっただろう。しかし津田が引っかかることで、お延の行為の演技性が剝き出しになるのである。

先の場面は、次のように続いている。


細君はすぐ手を夫の前に出した。

「何だい」

「洋杖」

津田は始めて気が付いたように自分の持っている洋杖を細君に渡した。それを受取った彼女はまた自分で玄関の格子戸を開けて夫を先へ入れた。それから自分も夫の後に跟いて沓脱から上った。

夫に着物を脱ぎ換えさせた彼女は津田が火鉢の前に坐るか坐らないうちに、また勝手の方から石鹸入れを手拭に包んで持って出た。

「ちょっと今のうち一風呂浴びていらっしゃい。また其所へ坐り込むと臆劫になるから」

津田は仕方なしに手を出して手拭を受取った。しかしすぐ立とうとはしなかった。

「湯は今日はやめにしようかしら」

「なぜ。——薩張りするから行っていらっしゃいよ。帰るとすぐ御飯にして上げますから」(三)

夫の着替えを妻が手伝い、お風呂にするか御飯にするかを話題にする。今でこそほとんど使われなくなっているものの、かつてのホームドラマでは典型的な場面ではないだろうか。あまりに典型的であるがゆえに読み飛ばしてしまいそうな箇所でもあるが、津田を迎えたお延の演技の直後の場面であることを考えれば、ここでもいかにも妻らしい役割の自己演出がなされていると受け止めてよいだろう。こうした細部のそれらしい演技を積み重ねることで、家族の空間はつくり出されていく。

一方の津田は、どうだろうか。お延の演出に乗らない津田であるが、彼もまた、実は、自分なりに自己演出する男なのである。

寝る前の一時間か二時間を机に向って過ごす習慣になっていた津田はやがて立ち上った。細君は今まで通りの楽な姿勢で火鉢に倚りかかったまま夫を見上げた。

「また御勉強？」

細君は時々立ち上がる夫に向ってこう云った。彼女がこう云う時には、何時でもその語調のうちに或物足らなさがあるように津田の耳に響いた。ある時の彼は進んでそれに媚びようとした。ある時の彼はかえって反感的にそれから逃れたくなった。どちらの場合にも、彼の心の奥底には、「そう御前のような女とばかり遊んじゃいられない。己には己でする事があるんだから」という相手を見縊った自覚がぼんやり働らいていた。（五）

またしてもお延が津田に近づこうとし津田がそれを受け容れないという展開になっているが、新しく付け加えられている情報は、津田には「己には己でする事がある」という意識が働いているということである。津田の態度は、漱石自身が結婚したときに鏡子夫人に対して「俺は学者で勉強しなければならないのだから、おまえなんかにかまってはいられない」と言ったというエピソード[*6]を思い起こさせる。とはいえ、漱石の場合は「夫」より「学者」であることを優先したためなのに対して、津田の場合は、他に何か優先されるものがあるわけでもない。津田は、自室にこもりはしても、仕事も勉強もしないのである。

彼の机の上には比較的大きな洋書が一冊載せてあった。彼は坐るなりそれを開いて枝折の挿んである頁を目標に其所から読みにかかった。けれども三、四日等閑にして置いた咎が祟って、前後の続き具合が能く解らなかった。それを考え出そうとするためには勢い前の所をもう一遍読み返さなければならないので、気の差した彼は、読む事の代りに、ただ頁をばらばらと翻して書物の厚味ばかりを苦にするように眺めた。すると前途遼遠という気が自から起った。(五)

津田が二階へ上がるのは「する事」が実際にあるからではなく、むしろ、そうすることが津田にとっての、妻に対する夫らしさの演出となっているからだ。

彼は平生から世間へ出る多くの人が、出るとすぐ書物に遠ざかってしまうのを、さも下らない愚物のように細君の前で罵っていた。それを夫の口癖として聴かされた細君はまた彼を本当の勉強家として認めなければならないほど比較的多くの時間が二階で費やされた。(五)

津田が読みもしない洋書に向かうのは「ただそれを一種の自信力として貯えておきたかった。他の注意を惹く粧飾としても身に着けて置きたかった」からともいう。実家から得ている援助を返済する約束になっていることをお延に秘密にしているのも、津田の望む夫像から外れているからである。お延が演技する女であるのと同様に、津田もまた自己イメージを演出する男である。『明暗』は、このような二人を主人公にして、彼らがつくり出す家庭をゲーム空間として描き出す。

3 他者の視線

家庭と女性

津田とお延は二人とも自己演出する人物として描かれているが、家族空間で主導的に演出を行っているのは、もちろんお延である。家族という私的領域の主たる担い手は女性なのであり、お延と演技との結び付きは、強調されている。

津田とお延の視点が切り替わり、最初にお延の視点で描かれるのは第四十五回、手術する津田を病院に残して劇場へ行く場面である。津田の手術日はもともと岡本の叔父から観劇に誘われていた日で、手術のために断ることになったのだが、お延は諦めておらず、当日、病院に付き添いに行くにしては豪華すぎる着物を着込んでいく。ここで細かく経緯を追う余裕がないのは残念だが、お延は芝居に行きたいという雰囲気をじりじりと醸し出し、結局、津田の許しを得て観劇に行く展開になる。さて、劇場に急ぎ着いたお延は、次のように描き出されている。

好んでこういう場所へ出入したがる彼女に取って、別に珍らしくもないこの感じは、彼女に取って、永久に新らしい感じであった。だからまた永久に珍らしい感じであるともいえた。彼女は暗闇を通り抜けて、急に明海へ出た人のように眼を覚ました。そうしてこの雰囲気の片隅に身を置いた自分は、眼の前に動く生きた大きな模様の一部分となって、挙止動作とも悉くこ

れからその中に織り込まれて行くのだという自覚が、緊張した彼女の胸にはっきり浮んだ。（四十五）

「珍らしくもない」が「永久に新らしい感じ」「永久に珍らしい感じ」がするのが、劇場である。お延は、その「大きな模様の一部分」となって「その中に織り込まれて行く」。ここで重要なのは、お延にとって劇場という空間は、芝居を見る場所ではないということだ。「芝居その物に大した嗜好を始めから有っていない」と、はっきり語られている。お延が劇場を好むのは、そこが観客をも演者にする場だからである。観客たちの様子は次のように説明されている。

出来るだけ多くの注意を惹こうとする浮誇の活動さえ至る所に出現した。そうして次の色彩に席を譲るべくすぐ消滅した。眼中の小世界はただ動揺であった、乱雑であった、そうして何時でも粉飾であった。（四十九）

劇場では、観客も「注意を惹」くべく振る舞う。いつもよりも着飾って、互いの様子を眺め合い、選び抜いた笑顔で社交する。誰もが「動揺」と「乱雑」と「粉飾」に彩られた「小世界」の一員なのである。『明暗』に書かれた劇場では、見るのではなく見られることが、強調される。第四十七回の挿絵が興味深い。二つの場面が組み合わされているが、一つは、「舞台一面に垂れている幕がふわふわ動いて、継目の少し切れた間から誰かが見物の方を覗いた。気のせいかそれがお延の方を見ているようなので、彼女は今向け換えたばかりの眼をまたよそに移した」という箇所を表現したもの。お延が舞台を見るのではなく、舞台からお延が見られるという逆転が起きている。もう一つは、「いきなり吉川夫人の手にあった双眼鏡が、お延の席に向けられた」という箇所を表現している。吉川夫人とは、津田のボスの妻で、二人の仲人でもある。吉川夫人の双眼鏡も、お延を見ることに使われる。どちらもお延に向けられた視線を描き、劇場でお延が見られる存在となっているということを印象付けている。

こうした劇場空間に共鳴するようにして、お延の家族空間には、演じるという性質、見られるという性質が与えられていく。

お延にとって家族は他から切り離された場所ではない。そこは公的領域ではない私的領域であるが、むしろ近代において家族が私的領域となったことが、他からの視線を引き寄せる構造を生み出しているると考えることができる。たとえば、公的に意味付けられた制服は個性を無化しそれ自体が関心を引くことはないが、私服であれば、それは個々のアイデンティティに結び付いた一つの表現となり、関心の的となる。近代以前の家族空間は、職住の機能を備えた空間であって公私の分離がなされていないが、近代に入って職と住の空間が切り分けられていくのと同時に、家族は私的領域となっていく。家族はそのようにして個々のアイデンティティを持つようになる。ここで重要なのは、同時に、家族

「四十七」挿絵(『東京朝日新聞』1916年7月4日)

を主宰する存在としての「近代主婦」が誕生したということである。近代の女子教育が支える新しい知を導入して運営される家庭は、家風と切り離されて、各々の主婦の裁量で営まれるようになる。近代家族は、演出家である妻・主婦の作品へと変質するのである。

お延の姿勢には、家族のこうした近代的配置を読み取ることができる。お延が感じている緊張は、「夫婦関係」と「世間」という言葉で説明されている。

ある意味からいうと、毎日土俵の上で顔を合せて相撲を取っているような夫婦関係というものを、内側の二人から眺めた時に、妻は何時でも夫の相手であり、また会には夫の敵であるにしたところで、一旦世間に向ったが最後、どこまでも夫の肩を持たなければ、体よく夫婦として結び付けられた二人の弱味を表へ曝すような気がして、恥ずかしくていられないというのがお延の意地であった。だから打ち明け話をして、何か訴えたくて堪らない時でも、夫婦から見れば、やっぱり「世間」という他人の部類に入れべきこの叔母の前へ出ると、敏感のお延は外聞が悪くって何もいう気にならなかった。（四十七）

土俵は観客から見られている。上手い相撲は喝采を得られるだろうが、下手な相撲であれば何を言われるか分からない。夫婦は「世間」の目に「曝」されており、だからこそお延は津田に共演者としての協力を求めている。しかしながら、先に確認したように、津田は期待通りに応える夫ではない。

その上彼女は、自分の予期通り、夫が親切に親切を返してくれないのを、足りない自分の不行届からでも出たように、傍から解釈されてはならないと日頃から掛念していた。凡ての噂のうちで、愚鈍という非難を、彼女は火のように恐れていた。

「世間には津田よりも何層倍か気六ずかしい男を、すぐ手の内に丸め込む若い女さえあるのに、二十三にもなって、自分の思うように良人を綾なして行けないのは、畢竟知恵がないからだ」

知恵と徳とを殆んど同じように考えていたお延には、叔母からこういわれるのが、何よりの苦痛であった。女として男に対する腕を有っていないと自白するのは、人間でありながら人間の用をなさないと自白する位の屈辱として、お延の自尊心を傷けたのである。（四十七）

自分の思惑に沿って夫との関係をつくり上げるための「知恵」に対する評価が、人間としての「徳」と同等の重みを持って、お延の妻としての自尊心を支える。お延という女は、技巧の女として辛辣な批判も受けてきたが、『明暗』を近代家族の特質を物語化した小説と考えれば、この演技・技巧こそが重要なのである。

4　主婦の務からカリスマ主婦まで

「主婦の務」

お延の演技は、女としての、人としての存在を賭けた真剣なゲームとして書かれている。当時においてこうした人物造形にはどの程度リアリティがあったのか。同時代における妻や主婦の役割の語られ方にも、目を向けてみよう。

「主婦」の誕生はサラリーマン家庭が生まれる大正期のことだといわれているが、「主婦」という語が登場したのは、明治二十年代である。[*7] それ以前に用例がないわけではないが、「家政」の担当者として「主婦」という語が使われるようになるのは、明治二十年代である。[*8] それから大正に至るまで、語られる「主婦」の役割は大きく変化はしていない。

「主婦」を語る文章を、いくつか引用してみよう。

> 西洋の諺に曰く「賢婦は家を造る」（The wise woman buildth her house）と、実に然り。一家に於いて勢力の最も大なるものは一家の主婦なり。家の栄ゆるも、家の衰ふるも、家の和楽するも、家の悲哀するも、其重なる源は万事に就きて主婦の支配宜しきを得ると否とにあり。総べて一家の事は女性の力に依頼すべきもの多し（清水文之輔『家政学』、金港堂、一八九〇年、一ページ）

一国は一家の集合よりなるものにして男子は外を務め女子は内を治めて各其務を十分にし遂げ互に力を合せざれば到底其家の繁昌も其国の隆盛も望むべからず（略）一家に於て最も勢力の大なるものは主婦なり（大西永太郎『女子家政学　簡易摘要 一名・家のおさめ方』、大西永太郎、一八九四年、一ページ）

家庭の王たるべき女子と云へる最も感情に富み最も綿密心に長じた処の天使が内に居て総ての始末を附けるのでなければ到底其幸福は得られない此事は一方から云へば当然に女子の務を行ふのであるけれども一方から云へば大に女子の地位を高むる訳になるである（池田常太郎『女子の王国』、南風社、一九〇三年、九ページ）

「主婦」は、良妻賢母主義を基盤として広まったカテゴリーである。公的領域と私的領域を区分し、性別によって分業するという近代社会の枠組みが、当時の言葉で分かりやすく繰り返し説かれている。また国家の最小単位としての家庭という配置のなかで、「主婦の務」は女性という存在の社会的評価に直結していた。当時の文脈では限りなく本質的に男性と女性の差異が論じられており、女性という存在と家庭という場所は、完全に重ねられている。主婦は女性の「天職」とされた。「主婦」は「家庭の王」であり、主宰者とされたのである。女性には、その期待に応じることによって自己の価値を求めることが奨励されていた。

また新しい家族観は「家庭」という言葉によって流通した。「家庭」は新しい空間であった。下田歌子は、次のように語っている。

二十世紀の家庭は真実に家政を学んで其家政を真に実施する様にしなければなりませぬ。（略）男子は人形で女子は人形使でありますさうでありますから人形使の手加減で人形はどうにでも踊らす事が出来るのです（下田歌子『家政学講義　附・女子教育講話』、北海道教育会編、富山房、一九〇二年、二一、二五ページ）

下田歌子は、女子教育のイデオローグとしては最強の存在といって良い存在である。家政学関係だけでも、『家政学』上・下（博文館、一八九三年）、『新選家政学』上・下（金港堂書籍、一九〇〇年）、ここに引用した『家政学講義』という具合に、次々と著作を刊行し教えを説いている。下田は、家庭における女性を「人形使」と形容している。「主婦」の仕事は、家事一般や衛生管理や家計管理や育児というように複数の分野にわたる具体的な作業としても語られるが、それらを大きくまとめて家族空間を演出するということになる。「人形使」というのは、演出家の比喩といってよいだろう。主婦の仕事は、家族の構成員に単に奉仕することではない。「王」として、「人形使」として他の構成員を動かし、総体として美しい空間を創出していくことが求められたのである。

お延が自らの知恵を徳と同等に置き、夫を綾なして行くことに自らの能力を集中させようとしていることは、こうした文脈を参照すれば、容易に理解することができる。ただし、こうしたイデオロギーが語られていたからといって、実体として「主婦」が主流化したわけではない。「主婦」という概念が西洋から取り入れられて、明治二十年代から「主婦」について語られてはいても、「主婦」の誕生は大正期のことだといわれるのは、それゆえである。

お延の新しさ

『明暗』のなかには複数の家族が語られているが、妻を演じ家族空間を演出するお延は特異な存在となっている。叔母世代はもちろんお延とほぼ同世代の津田の妹のお秀も、演出家とはとてもいえない。お秀は、夫となった堀に器量を好まれて結婚している。それ自体がすでに旧い。結婚後、堀は定石通り放蕩に耽っており、お秀との間に親密さはない。お秀の家は、義母だけでなく弟と妹さらには親類の厄介者も同居する大所帯であり、お秀は嫁としてそれを切り盛りせねばならないうえに、子供がいる。

お延より一つ年上のその妹は、もう二人の子持であった。長男は既に四年前に生れていた。単に母であるという事実が、彼女の自覚を呼び醒ますには充分であった。彼女の心は四年以来何時でも母であった。母でない日はただの一日もなかった。（九十一）

「母」であることに生きがいを見出す彼女は、「いわば、早く世帯染みた」と語られている。

叔母たちも、夫に対する興味など持っていない。お延の親戚の岡本の叔母は、お延の視線から「女らしい所がなくなってしまったのに、まだ女としてこの世の中に生存するのは、真に恐ろしい生存である」と評され、また、津田の親戚である藤井の叔母については、津田の視線から「殆んど性の感じを離れた自然さえあった」と語られている。どちらも子供があり、家事をこなしているという点では確かに「主婦」ということができるだろうが、夫のために演ずる女性たちではない。

漱石は、お延を、家族ゲームを自覚的に繰り広げる新しい存在として生み出した。『明暗』のお延は、演技と演出の欲望を持つことによって、女主人公となり得ているのである。

新しい夫婦

もう少し、同時代の文脈を追ってみると、お延だけではなく、お延と津田の夫婦としてのあり方自体が新しい匂いを帯びていることが分かる。

『明暗』が書かれた大正五年ごろ、新しい結婚、新しい夫婦の姿が登場している。サラリーマンの夫と専業主婦からなる核家族が、都市を中心に生まれるのである。たとえば、横溝蘇堂という人物による『男女の結合』(一九一六年、東亜堂書房)では、夫婦の新旧を次のように説明している。まず、「古い夫婦」とは、「夫婦別ありを金科玉条とし、夫は絶対権を揮つて、万事意の儘に振舞ひ、妻は絶対服従を甘受して、万事惟命惟随ふを謂ふ」。夫と妻は上下の関係にあり、その間には大きな隔たりがあったわけである。現在の感覚で受け止めれば、当然批判されてよさそうだが(実際、女子教育の文脈などでは、従来のあり様が批判されている)、興味深いのは、ここでは必ずしも否定的に説明されているわけでもないことである。夫婦に懸隔はあっても、「単なる治者被治者、強者弱者の関係でなく、言外に余情を含めた、温味ある権力的関係」であり、それが「従来の我が国風」だという。

従て鼻を揃へて世間へ出るとか、手を携へて散歩するとか、苟くも愛情を露骨に表現して、人の前でノロケルやうなことは、寧ろ相互の恥辱として、常に用意を怠らなかつた。（横溝蘇堂『男女の結合』、二九二ページ）

「愛情を露骨に表現」するのは「恥辱」であるというのは、漱石自身の恋愛観にそっくりそのまま重なるような物言いである。よく知られているように、漱石は『文学論』で、西洋文学の恋愛中心主義に対して違和感を表明し、恋愛を否定している。

吾人は恋愛を重大視すると同時に之を常に踏みつけんとす、踏みつけ得ざれば己の受けたる教育に対し面目なしといふ観あり。（略）これ誠に東西両洋思想の一大相違といふて可なり（第一編第二章「文学的内容の基本成文」）。*9

「恋愛」を踏み付けなければ「己の受けたる教育」の「面目」が潰れるというように、旧派を任じる漱石は、東洋と西洋の差異という文脈で恋愛に抵抗を示したのだった。

西洋の思想の移入は夫婦の関係性を変化させる。横溝は、「旧来のものを君主独裁制といふならば、新来のものは、立憲共和制」とまとめ、さらに次のようにいう。

松の中だけチョット惚れて見た女房へは、三百六十五日惚れて遣らなければならなくなつた。否、女房の方から、愛の要求をするやうになつた。キッスも握手も抱擁も、人前でしなければ済まなくなつた。二間も三間も後から、息せき従つて歩いた女房が、手を引き鼻づらを揃へなければ承知しなくなつた。中には奥方を車に乗せて、旦那が梶棒をも握り兼ねまじき親切者も出て来た。（横溝蘇堂『男女の結合』、二九五―二九六ページ）

つまり、妻に甘い夫が誕生したわけである。『明暗』の津田夫婦は、人前で「キッス」や「握手」や「抱擁」をしたとは書かれていないが、津田は、妻の要求を何でも受け止める夫として見られている。たとえば、お延に憧れている従姉妹の岡本継子は、津田を「由雄さんはああいう優しい好い人で、何でも延子さんのいう通りになる」と語って、二人の結婚を羨ましがっている。一方、津田の妹のお秀からは、津田がお延の贅沢に振り回されていると批判されている。とくにお延の「指環」が恨めしい視線の対象となるが、その買い物は、夫婦二人で一緒にした可能性もある。というのも、二人は、連れだって銀座に行く夫婦であるからだ。次の箇所は、お延が津田に対する疑いを持ち始め、留守中の津田の部屋に入ってあたりを物色する剣呑な箇所なのだが、お延がまず思い出すのは、二人の仲睦まじさを浮かび上がらせる光景である。

パナマや麦藁製の色々な帽子が石版で印刷されている広告用の小冊子めいたものが、二人で銀座へ買物に行った初夏の夕暮を思い出させた。その時夏帽を買いに立寄った店から津田が貰って帰ったこの見本には、真赤に咲いた日比谷公園の躑躅だの、突当りに霞が関の見える大通りの片側に、薄暗い影をこんもり漂よわせている高い柳などが、離れにくい過去の匂のように、聯想として付き纏わっていた。（八十九）

買い物をしながら、日比谷公園の躑躅を眺め、銀座の柳並木の下を散策した時間をお延は回想する。ちなみに銀ブラという言葉が生まれたのは「大正四、五年」[10]、丁度このころである。津田とお延は、「銀ブラ」のパイオニア的夫婦でもある。「鼻を揃へて世間へ出るとか、手を携へて散歩するとか、苟くも愛情を露骨に表現して、人の前でノロケルやうなこと」をまさに実践していたわけである。親世帯から完全に離れて自由気儘に世帯を構え、余暇には連れだって買い物を楽しむサラリーマンの夫と専業主婦の新婚夫婦という新しい消費文化の申し子のような津田とお延。二人が楽しんだ銀座は一種の舞台のような空間ともいわれている。[11] 関東大震災を経て昭和に入るころには、モダンな「模倣」者が溢れる場となる。お延と津田の振る舞いの新しさは、このように演技性に連動している。

家族の演技性。同時代においては先鋭的な認識だっただろう。しかし、現代においては、むしろ馴染みやすくリアリティのある考え方である。たとえばカリスマ主婦と呼ばれる女性たちがいるが、彼女たちは家族の演出家としての成功者といえるだろう。カリスマ主婦が発信する情報は、それを閲覧する主婦たちに模倣され、それぞれの家庭での演出が試みられていく。そうして増幅された演出が、SNSの空間には溢れ返っている。セレブな主婦から、ミニマリストの主婦まで、それぞれの立ち位置で個性を主張しつつ、どの画像も、工夫を凝らした細かな演出で「盛ら」れている。「盛る」ことは、圧倒的に肯定されている。家族ゲームのルールをつくり出すのは、主婦である女性たちの役割である。彼女たちは他の構成員を先導し、上手く共演させて舞台を進行させなければならない。家族は、彼女たちの作品となるからである。

演じるお延と私たちの距離は、お延と大正の読者たちとの距離より、むしろ近い。

＊1 スーザン・ソンタグ『隠喩としての病い エイズとその隠喩』

＊2 同様の意味から胃病に注目したものとして、阿部公彦「漱石の食事法 胃病の倫理を生きるということ」がある。

＊3 結核の文化史的意味については、藤井淑禎『不如歸の時代 水底の漱石と青年たち』、福田眞人『結核の文化史 近代日本における病のイメージ』、北川扶生子『結核がつくる物語 感染と読者の近代』などを参照されたい。

＊4 E・ゴッフマン『行為と演技 日常生活における自己呈示』、六四ページ

＊5『行為と演技 日常生活における自己呈示』、六四ページ

＊6 夏目鏡子述・松岡譲筆録「三、結婚式」、三四ページ

＊7 牟田和恵『戦略としての家族 近代日本の国民国家形成と女性』、六六ページ

＊8 広井多鶴子「「主婦」ということば——明治の家政書から」。また広井は、明治二〇年代以前の家政の担当者は、主人である男性であったことも指摘している。公私の分離と性別役割分業があってはじめて、女性が家政の担当者となるのである。

＊9 夏目漱石『文学論（上）』、一〇九ページ

＊10 安藤更正は「実際当時銀座をブラついている学生は、慶応の学生ぐらいなものだった。（略）やがてこれらの学生の間に有名な『銀ブラ』という言葉が造り出された。それは大正四、五年の頃である。（略）大正十年の末には『ギンブラ』という名のカフエまで出来るようになった。そのころになって銀座はハッキリと散歩街としての観念を一般に植えつけたのである」という（安藤更生『銀座細見』、二二ページ）。

＊11 銀座について、吉見俊哉は「〈銀座的なるもの〉の上演においては、意味の源泉が上演の場自体の裡にではなく、先

送りされる〈外国＝未来〉に置かれているために、上演の場自体のなかでの演者相互の直接的なコミュニケーションの契機を希薄にさせたまま〈演じて〉いくことができるのだ」と指摘している。（吉見俊哉『都市のドラマトゥルギー　東京・盛り場の社会史』、二五一ページ）。

第2章

言葉とジェンダー構造

本章では、対話劇とも読める『明暗』で繰り広げられる
言葉のゲーム性に関して考えていく。
漱石は、その言語ゲームに明確なジェンダー構造を取り込んでいる。
そこでは「しゃべるのは男性であり、女性は無用な口は慎む」という
明治・大正時代の常識を踏まえつつも、主人公のひとりである妻・お延に
「正直であることを軽蔑する」という特異な役割を振り分けている。
お延は夫・津田の「嘘」というテクニックを巧みに盛り込み
家族ゲームに揺さぶりをかけていく。
そこで繰り広げられる攻防は、戦略的関係としての夫婦という、
これまた、すぐれて現代的な像を浮かび上がらせる。

1 言葉におけるジェンダー構造

言語と行為

前章では、津田とお延が、家族を演出するゲームを生きていることを確認した。この章では、『明暗』の家族ゲームが、はっきりとジェンダー化されているということをみていこう。とくに注目したいのは、言葉のあり方である。言語ゲームというウィトゲンシュタインの用語があるが、[*1] 言語は根本的に、共有されたルールに則って発話する人とそれを受け取る人との間のやりとりによって進行するゲーム的なものである。対話劇である『明暗』には、言葉の応酬が充満している。それがいかにジェンダー化しているのかを確認してみたい。

言語における家父長制を分析したデイル・スペンダー[*2]は、言語は男たちがつくったものであり、女は沈黙を強いられてきたと論じている。スペンダーは複数の研究結果を紹介しつつ、女はおしゃべりだと思われがちだが、発話の回数や時間を研究してみれば「男の方がおしゃべりだ」と分かったという。なぜなら言葉を駆使する資格を与えられているのは男たちだからである。言語におけるジェンダーの非対称性は、日本語においても認められている。中村桃子は、「女は話すな」という教訓があったことを論じている。[*3] 中村が引用しているものから、近代の例を紹介すれば、「言語を慎みて、多くすべからず」（『文明論女大学』一八七六年）、「婦人の辞遣いは、おとなしくしとやかに、耳立たぬを善しとす。（略）多言の婦人は七去の中に入りたれば、本心に畏れて無用の口は開くべからず」（『新撰女大学』一八八二年）などという具合で、前近代から近代にその教えは持ち込まれた。女子教育が良妻賢母主義の実践として導入されるなかで、女もただ黙っていればよいとは考えられないようにかわっていくのだが、どのような語りが女にふさわしいのかという議論に転じただけで、女の饒舌が否定されること自体が覆されることはなかったと中村は指摘している。

漱石は、こうした言語におけるジェンダーの非対称性を『明暗』に持ち込んでいる。とはいえ、女性登場人物が全く発話しないわけではもちろんない。『明暗』における言葉のジェンダー差は、言葉をどのように使うか、言葉で何を意味しようとするかという言語行為の性質のレベルで描き込まれている。

言語における行為

言語行為論について少し触れておこう。言語行為論では、そもそもの前提として言葉とその意味の関係において、文字通りに表面に現れている意味を示す場合と、言葉そのもの意味ではなく（あるいはそれに加えて）他の意味を示すという場合の違いが重視される。たとえば、窓近くに座っている人に、「暑いですね」と話しかけたとしたら、言葉通りの水準では室温の高さが意味されていると考えられるが、単に暑さを指摘しているだけではなく窓を開けて欲しいという言葉の辞書的な意味以外の含意があることになる。後者は、窓を開けるという依頼を行っていることになり、発話にはこのように、単に意味を伝えるだけではない行為としての側面がある。

言語行為論の基盤をつくったＪ・Ｌ・オースティン[*4]は、事実確認的発話／行為遂行的発話という区分を設け、言語はメッセージを伝達する道具というだけでなく、何かを行っているということを論じて、その質の違いを理論化した。事実確認的というのは、陳述的な発話など、出来事を伝えることに重点が置かれた発話のことをいう。一方の行為遂行的発話とは、約束や宣誓など、発話することによって何かの行為をなし遂げることに重点が置かれた発話をいう。たとえば約束では、発話することによって、未来にその出来事が起こることに責任を持ち、相手との間で信頼を得るという行為が実行されている。約束は、単なる伝達ではない。オースティンは、この区分を理論化した後、すべての発話には行為遂行性があると考えるようになったが、そうだとしても、事実確認性の強い発話とそうではない発話というように程度の差はある。たとえばサールは、すべての発話に発語内行為があるということを前提にしたうえで、言葉通りの意味を伝えようとする場合と、別の種類の発語内行為を行う場合に分け、後者を「間接的言語行為」としている。[*5]「棚のあの本を取れますか?」という質問は、答えを求める問いであると同時に、本を取って欲しいという依頼ともなる。話かけられた人が、ただ問いの言葉通りの意味だけを受け取って、「取れます」と返事しただけで動かなかったら、話し手は戸惑うだろう。この発話のなかには二種類の力があるのである。サールは後者を間接的言語行為と呼び、その質の違いを分けた。前者は、言葉通りの意味を伝える言葉、後者は言葉通りの意味にとどまらず、何かをなす言葉である。

さて、こうした言葉のあり方の差異をふまえたうえで『明暗』に戻ろう。

2 『明暗』の言語論

女性たちの言葉

『明暗』での言葉の使い方で特徴的なのは、事実確認的で言葉通りの意味でやりとりをするのは女性、間接的で行為遂行性の高いやりとりをするのは男性という具合に、ジェンダーによって言葉の使い方が振り分けられていることである。女性登場人物には、「事実」を語る言葉を、男性登場人物には、「事実」とは無関係に何かを為す言葉を語らせているのである。

まずは、女性たちの言葉に対する態度や言葉の使い方を見てみよう。

議論にならなくっても、事実の上で、あたしの方が由雄さんに勝ってるんだから仕方がない。(三十、藤井の叔母の言葉)

私は言葉に重きを置いていやしません。事実を問題にしているのです(百二、お秀の言葉)

私のは認定じゃありませんよ。事実ですよ。(百三十八、吉川夫人の言葉)

彼女たちはみな、事実と言葉を対立させて、「事実」に重きを置いている。どれも、話し相手は男性（すべて津田だが）で、あれこれと言葉を弄して反論しようとした際に放たれた台詞である。彼女たちは、「事実」を離れた言葉のうえでの掛け合いや、言葉を使う技術に関心を持たない。このことを言葉の使い方に対する態度の問題として考えると、彼女たちは、言葉通りの意味を重視しているということになる。

それゆえ、彼女たちは「正直」であることを美徳としている。『明暗』では、女たちは「正直」で、男たちは「正直」ではないことになっている。たとえば、次のような場面は、その対照を浮き彫りにしている。

「時に貴方御いくつ？」
「もう沢山です」
「沢山じゃないわよ。ちょっと伺いたいから伺ったんだから、正直に淡泊と仰ゃいよ」（十）

津田と吉川夫人の対話場面だが、半ばからかわれていると感じた津田が聞かれた問いに答えようとしないので、吉川夫人が正直に言えと津田に迫るシーンである。吉川夫人は、ドラマが進行して津田の過去がいよいよ問題になるというときにも「私と貴方だけの間の秘密にして置くから正直にいっと《ママ》しまいなさい」と津田を追い詰める。下女のお時は「正直で好い女」と評され、そして最後に登場した清子にもまた、「何にも其所に頓着していないらしい清子の質問は正直であった」というように、「正直」という形容が付されている。一方、男性の登場人物については、一人も「正直」とされていない。完全に書き分けられているのである。

「正直」な彼女たちにとって、言葉は「事実」をそのまま示すべきものとなる。たとえば、岡本の叔母の次の場面。岡本の叔父が風呂に「お前たち先へ入るなら入るがいい」と言ったのを受けて、叔母が「じゃあたしは御免蒙ってお先へお湯に入ろう」と言う部分である。

> 叔父の潔癖を知って、みんなが遠慮するのに、自分だけは平気で、こんな場合に、叔父の言葉通り断行して顧みない叔母の態度は、お延に取って羨ましいものであった。（六十九）

「言葉通りに断行」するという岡本の叔母は、言葉の裏を読むことをしない。発話された言葉通り、つまりその表面に現れた意味通りに理解するのである。彼女たちは「正直」で偽りを述べることなく、「事実」に重きを置き「言葉通り」に行動する。『明暗』の女性らしさは、このような特徴を中心につくり上げられている。

男たちの言葉

それでは、男性の登場人物たちはどう語られているのか。

たとえば、津田の叔父である藤井は、文筆で生計を立てている男であるという。「人生批評家」とも称されており、次のように説明されている。

単に言葉の上だけでもいいから、前後一貫して俗にいう辻褄が合う最後まで行きたいというのが、こういう場合相手に対する彼の態度であった。（百十九）

「単に言葉の上だけでもいいから」というように、言葉と事実の二項対立に照らし合わせれば、言葉に重きを置いているということになる。自らの言葉が事実に合っていようがいまいが頓着せず、言葉の上だけで構わないので辻褄を合わせたいというわけである。

またお延の側の叔父である岡本も、「他の顔さえ見ると、また何かしら喋舌らないでは片時もいられないといった気作な風」があると描写されており、藤井とは少しタイプが異なるが、やはり言葉に達者な人物として登場している。

元気の遣り場所に困るからというよりも、なるべく相手を不愉快にしたくないという対人的な想い遣や、または客を前に置いて、ただのつそつしている自分の手持無沙汰を避けるためから起る場合が多いので、用件以外の彼の談話には、彼の平生の心掛から来る一種の興味的中心があった。彼の成効に少なからぬ貢献をもたらしたらしく思われる、社交上極めて有利な彼のこの話術は、その所有者の天から稟けた諧謔趣味のために、一層派出な光彩を放つ事がしばしばあった。（六十一）

岡本という人物の特徴は「話術」に長けていることにある。こうした「話術」もまた、事実に合致しているかどうかに拘泥しない言葉の使い方といってよいだろう。

さらには吉川についても、次のようなエピソードがある。すでにリタイアして京都で隠遁生活を送っている津田の父親が話題に上った場面である。

「父はもう時勢後れですから、ああでもして暮らしているより外に仕方が御座いません」

津田は何時の間にかまた室の中に戻って、元通りの位置に立っていた。

「どうして時勢後れどころじゃない、つまり時勢に先だっているから、ああした生活が送れるんだ」

津田は挨拶に窮した。向うの口の重宝なのに比べて、自分の口の不重宝さが荷になった。彼は手持無沙汰の気味で、緩く消えて行く葉巻の烟りを見詰めた。（十六）

吉川については「口」が「重宝」と描写されている。吉川の発話は、津田の父を上手く褒め上げる一種の世辞といってよい。津田にとってそれは「事実」ではないことが明らかであり、「正直」に語られた言葉としては受け取られていない。世辞が必要な場面では、巧みな表現でスムーズに相手を持ち上げることが重要である。「正直」な姿勢は、こうした挨拶の場面では必要ない。

このように男たちの言葉は、女たちの言葉と、きわめて対照的に設定されている。「事実」と「言葉」という用語で、こうした発話の性質の違いが書き分けられている。女性たちの言葉は事実確認性が高く、男性たちの言葉は、言語遂行性が高いということになる。言葉にその意味の指示対象があるかないかという点からいえば、事実確認性の強い女たちの言葉には指示対象があるが、そうではない男たちの言葉は虚構性が強く指示対象がない、あるいは乖離しているということもできる。

こうしたジェンダー差がつくられることで、男たちにとって発話は自らの能力を示す手段ともなっている。言葉を操る巧拙そのものが重要なのであって、意味内容が事実に結び付いているかどうかは問題にされない。男たちは言葉を語ることを期待され、その能力を試される。叔父たちにみられるように、言葉を運用する能力は成熟の証となり、彼ら自身の評価に直結していくのである。女は、そうではない。全く逆に、言葉ではなく事実に重きを置くのである。*6

3　お延の言葉

「正直」ではないお延

さて、こうして『明暗』の言葉のジェンダーを確認したうえで、主人公であるお延や津田の言葉の使い方をみてみよう。二人の特異性が、浮かび上がるだろう。

まずお延である。家族ゲームにおいて演ずる女を実践しているお延は、何と「正直」であることを軽蔑している。

> 復活の見込が充分立たないのに、酔興で自分の虚栄心を打ち殺すような正直は、彼女の最も

軽蔑するところであった。（百四十四）

お延は、正直などに価値を置かず、虚栄心を肯定する女である。明暗における女性のなかで、きわめて異質な存在なのである。津田と吉川夫人がお秀について話しつつお延のことを仄めかす場面もみてみよう。


「そりゃお宅なんぞへ上って、むやみに地金を出すほどの馬鹿でもないでしょうがね」

「いえ正直よ、秀子さんの方が」

誰よりお秀が正直なのか、夫人は説明しなかった。（百三十一）

お秀は正直であり、正直でないと思われているのは、もちろんお延である。吉川夫人の視線はお秀に温かく、お延に厳しい。「正直」であることは、望ましい資質だからだ。しかし、お延はゲームの勝者になることを重視している。そのためには、ただ「正直」なだけでは足りない。言葉の行為性をふまえてその効果の操作に長けていなければならないのである。

「話術」を学ぶ

ではお延は、どのような言葉の使い手であったか。

お延は、京都の実家から離れ、東京の岡本の叔父の世話になってきた。それゆえ「色々の角度で出没するこの叔父の特色を他人よりよく承知していた」という。お延は、岡本の「話術」を学んで育ったのである。

そうしてそれが子供の時分から彼の傍にいたお延の口に、何時の間にか乗り移ってしまった。機嫌のいい時に、彼を向うへ廻して軽口の吐き競をやる位は、今の彼女に取って何の努力も要らない第二の天性のようなものであった。（六十一）

お延は、叔父の岡本の「話術」を学習し、すでにそれを「第二の天性」としているという。「軽口の吐き競」が「正直」や「事実」とは対極にあることは言う迄もない。女主人公であるお延は、他の女たちとは違うのである。

親身の叔母よりもかえって義理の叔父の方を、心の中で好いていたお延は、その報酬として、自分もこの叔父から特別に可愛がられているという信念を常に有っていた。洒落でありながら神経質に生れ付いた彼の気合を能く呑み込んで、その両面に行き渡った自分の行動を、寸分違わず叔父の思い通りに楽々と運んで行く彼女には、何時でも年齢の若さから来る柔軟性が伴っていたので、殆んど苦痛というものなしに、叔父を喜こばし、また自分に満足を与える事が出来た。叔父が鑑賞の眼を向けて、常に彼女の所作を眺めていてくれるように考えた彼女は、時とすると、変化に乏しい叔母の骨はどうしてあんなに堅いのだろうと怪しむ事さえあった。

（六十二）

お延は叔父から「千里眼」とか「直覚派」とかいうように「能く人を見抜く力」を持つと思われているが、そうした評価は、叔父の「気合を能く呑み込んで」行動することからつくられたものだろう。物語のなかで、お延が実際に「千里眼」の力を発揮する場面などない。むしろ後述するように、本人も自信を持っていた「千里眼」的な「直覚」が、無根拠な思い込みに過ぎなかったことを苦く自覚するという展開になっている。お延の「千里眼」とは、叔父にぴったりと合わせて軽口の掛け合いができる能力、つまり相手の発話に敏感に応答する力であって、洞察力の鋭さそのものではない。演技するお延の気質もまた、叔父との関係のなかで培われたものに違いない。お延の技巧は、「事実」を語る正直さとは対極的な、場面場面で相手の出方を汲んで、臨機応変に「綾なす」ことを意味していた。お延は「言葉通り」に行動する叔母よりも叔父を「好いて」おり、叔父もまた愛情を込めて「悪口の達者なお前」とお延をからかっている。

「だってあたしの悪口は叔父さんのお仕込じゃないの。津田に教わった覚なんか、ありゃしないわ」

「ふん、そうでもあるめえ」

わざと江戸っ子を使った叔父は、そういう種類の言葉を、一切家庭に入れてはならないものの如くに忌み嫌う叔母の方を見た。（六十一）

叔父と叔母の言葉に対する態度の違いが端的に語られている箇所であるが、叔父に対して滑稽な強がりを口にしてみせるお延は、明らかに叔母よりも叔父に近い。このようにして、お延は叔父の傍で男の話術を身に付け、「如何にして異性を取り扱うべきかの修養を、こうして叔父からばかり学んだ彼女は、どこへ嫁に行っても、それをそのまま夫に応用すれば成効するに違ないと信じていた」というように、結婚後のゲームにも自信を持って臨んだのだった。

規範への押し戻し

さてところが、叔父から学んだ「話術」は、津田との関係では上手く機能しない。お延の困難の物語は、そこから始まる。

お延の「第二の天性」が語られた後は、次のように続いている。

しかし津田に嫁いでからの彼女は、嫁ぐとすぐにこの態度を改めた。ところが最初慎みのために控えた悪口は、二カ月経っても、三カ月経ってもなかなか出て来なかった。（六十一）

お延が学習した言葉の技術は男性ジェンダー化したものであって、女性のジェンダー規範、とりわけ家庭における女性のそれからは逸脱している。結婚してからは、お延は自由に「悪口」を繰り出すことができないのである。そして同時に「千里眼」や「直覚」への自信も失われていく。

結婚前千里眼以上に彼の性質を見抜き得たとばかり考えていた彼女の自信は、結婚後今日に至るまでの間に、明らかな太陽に黒い斑点の出来るように、思い違い疳違の痕迹で、既に其所此所汚れていた。（六十四）

相手が津田だったから失敗したというわけでもないだろう。お延の能力は対面時における忖度の力なのであって、もともと人間性を見抜く力があったわけではない。結婚したお延が直面しているのは、言葉遊びの禁止である。「妻」になったことによってジェンダー規範の方へと押しやられたのである。お延は、従姉妹の継子の「お婿さんの眼利」を請われるが、分からないと言い、「いえない？　じゃお前の直覚は近頃もう役に立たなくなったんだね」と言う叔父に「ええ、お嫁に行ってから、段々直覚が擦り減らされてしまったの。近頃は直覚じゃなくって鈍覚だけよ」と返答する。お延は叔父の「笑談」に応じることができなくなっている。

するとと「厳格」な津田の妻として、自分が向くとか向かないとかいう下らない彼の笑談のうちに、何か真面目な意味があるのではなかろうかという気さえ起った。（六十二）

叔父の笑談は決して彼の予期したような結果を生じなかった。お延は下を向いて眉と睫毛を一所に動かした。その睫毛の先には知らない間に涙が一杯溜った。勝手を違えた叔父の悪口も

ぱたりと留まった。変な圧迫が一度に三人を抑え付けた。（六十八）

叔母に「何だね小供らしい。この位な事で泣くものがありますか。何時もの笑談じゃないか」とたしなめられているように、それは「いつもの笑談」なのである。にもかかわらずお延はその「下らない彼の笑談」のなかに「真面目な意味」があるのではないかと考え始めてしまっている。他の「女」たちのように、「言葉」に「事実」を探し始めてしまうのである。

そしてお延が感じた結婚後の「夫の変化」は、「彼女の秘密」になる。「愛する人が自分から離れて行こうとする毫釐の変化、もしくは前から離れていたのだという悲しい事実を、今になって、そろそろ認め始めたという心持の変化」を、周囲の誰にも悟られないよう隠し持つ。お延の「秘密」が語られる際に、「事実」という言葉が使われていることに注意しておこう。「事実」に直面することが、お延に新しい状況をつくり出す。

主人公としてのお延は、まずはジェンダー規範から逸脱して「男」の言葉を学習する特異な「女」として登場する。女であっても男の話術を学ぶことができるのは、規範が本質的なものではないからだ。言葉との関係は、実践によってつくられていく可変的なものである。お延は変化し続ける人物として描かれており、ジェンダー規範に則した方向に押し戻されるという展開になる。そして後半へ向かってさらに、お延のあり方は変化していくのだが、それについては後ほど述べることにして、次に津田について考えてみよう。

4　津田と「嘘」

嘘を肯がう男

女主人公のお延の特異性に見合うように、男主人公である津田にも特異性を見出すことができる。先に「男」の「言葉」には「事実」に頓着しないという性質があることを確認したが、ここで注目したいのは、津田の「嘘」である。

たとえば津田は入院した病室で嘘をめぐる小話を読んでいる。ある青年が、娘を愛しているのかと父親に問われて、お嬢さんのためなら死ねる、「あの懐かしい眼で、優しい眼遣いをただの一度でもして頂く事が出来るなら、僕はもうそれだけで死ぬのです」と青年が答えたところ、父親が、自分も嘘をつく性分だが一家に嘘つきは二人もいらないと青年を断ったという話である。これを読んで津田は、次のように考える。

> 嘘吐という言葉が何時もより皮肉に津田を苦笑させた。彼は腹の中で、嘘吐な自分を肯がう男であった。同時に他人の嘘をも根本的に認定する男であった。それでいて少しも厭世的にならない男であった。むしろその反対に生活する事の出来るために、嘘が必要になるのだ位に考える男であった。彼は、今までこういう漠然とした人世観の下に生きて来ながら、自分ではそれを知らなかった。彼はただ行ったのである。だから少し深く入り込むと、自分で自分の立場

が分らなくなるだけであった。（百十五）

津田は「嘘」を肯定する男である。「嘘」はもちろん「事実」と重なりはしない。「嘘」が「必要」だという津田は、男の一人として、言葉が事実を離れて言葉の水準で自転していくことを肯定している。言葉が、字義通りの表示的な意味とは別の水準で機能することを良しとするわけである。ウンベルト・エーコは「嘘をつくことが可能であれば、必ず記号機能が存在する」という。「嘘」は、「現実に対応するものがないのに、あることを意味する（そしてそれを伝達する）ことができるということ」*7 であり、言葉が事実（指示対象）の有無とは別に機能することを顕著に示す言語事象である。

『明暗』の物語は津田の二つの秘密によって動かされていると述べてきたが、それは津田の二つの「嘘」といい換えることもできる。津田は父親からの送金についても、また清子の存在についても、お延に事実を伝えてはいないからだ。津田は、嘘を肯定する人世観を持つだけでなく、たしかに嘘をついている。

津田が肯定するのは話術としての「嘘」である。生活するためにつく「嘘」、方弁としてのそれである。ただ、ここで重要なのは、あるレトリックが「嘘」として認識されるとき、そのレトリックは正しく効果を発揮しているとはいえないということである。「嘘」は話術の失敗を意味している。

たとえば小話のなかの青年の言葉であるが、もともと嘘として発せられたものではない。青年は騙すことを意図したわけではなく、単に愛情の強さを示したかっただけだ。もちろん事実として語られたわけではない。「死ぬほど愛している」という言葉を、字義通りに受け取る者はいないだろう。事実とのずれが問題化されることを想定しない、紋切り型のレトリックである。聞き手の父親がそのレトリックを肯定的に受け止めれば、この発話は話術として成功するはずだった。ところが、父親は、青年の期待を裏切り、レトリックを「嘘」ととらえる。それゆえ、青年は望んだ結果を得ることはできなかったのである。つまり話術が失敗したとき、それは「嘘」に転ずるのである。成功すれば、「嘘」とはいわれない。藤井の論説も、岡本の笑談も、吉川の世辞も、どれも字義通りの意味を持たない、事実と乖離した言葉であるが、「嘘」として受け取られることはない。なぜならそれは、聞き手に話術として肯定的に評価されているからだ。最も古典的な「嘘」の定義として知られているのは、アウグスティヌスの「欺こうとする意志をともなった偽なる表示」であるが、[*8] アウグスティヌスは嘘を罪として全面的に否定した。嘘を「意図的＝志向的な行為」とみるデリダは、「嘘をつくことは裏切り、過失として、また、負債や義務に対する違反」だという。問題なのは、事実とのずれではない。「嘘」と判断されるとき、それは「他者を騙し、傷付け、もてあそぶ」という意図ある行為として問題化されるのである。[*9]「嘘」はそのように、話術が他者との関係のなかで否定的に評価されるときに用いられる語なのである。

話術の失敗としての嘘

しかも津田は、さまざまな周囲の人から嘘つきとして非難されている。

「じゃもう嬉しい所は通り越しちまったの。嘘を仰しゃい」（十、吉川夫人）

「小父さんの方があの玉子を出す人よりよっぽど嘘吐きじゃないか」（二十二、藤井の子供・真事）

「兄さんは嫂さんをお貰いになる前、今度のような嘘をお父さんに吐いた覚がありますか」（百一、お秀）

「それが男の嘘というものです」（百三十八、吉川夫人）

逆に「お金さん由雄さんによく頼んでお置きなさいよ。この男は親切で嘘を吐かない人だから」（二十五、藤井の叔母）と評価されるシーンもあるが、「嘘」という語との結び付きの強さがかえって印象に残る。「正直」に価値をみる叔母が津田を肯定的に評価しようとして述べているに過ぎず、津田が叔母の信頼に価しない男であることは他のエピソードから明らかでもある。

まとめておこう。津田は男たちの一人として、話術、つまり事実を離れた言葉の自転を肯定しているにもかかわらず、それに失敗する男ということになる。津田は話術に未熟なのだということもできるだろう。この意図せぬ失調こそが、津田を主人公とする特異性となっている。

5 嘘をめぐる攻防

お延と「嘘」

「嘘」という語は、『明暗』に頻出している。ちなみに青空文庫に収められている漱石の作品で「嘘」

の用例数をカウントすると、『明暗』では六〇件。初期の作品『吾輩は猫である』では一四件、『坊っちゃん』で一四件。新聞小説家になって最初の『虞美人草』が三五件、前期三部作の『三四郎』は六件、『それから』は一九件、『門』は五件。後期三部作の『彼岸過迄』に八件、『行人』一一件、『こころ』一〇件。そして『道草』が八件。『明暗』にいかに多いかが分かるだろう。言葉の応酬でゲームが進行する『明暗』で、言葉の使われ方そのものが問題にされていることがはっきり分かる数字である。

お延と「嘘」の関係は、津田よりも複雑で、実に興味深い。そもそも、叔父から「悪口」を学習したお延は、「嘘」を方弁として認める立場にあったといえる。「口にしつつあった甘い言葉とは全く釣り合わない妙な輝やき」を眼に宿し、駆け引きのためなら「嘘よ」と容易に前言を撤回する。「女として男に対する腕」を「自尊心」の中軸に置き、「正直」より「虚栄心」を優先するというのだから、「嘘」を罪だと考えていたわけではないだろう。

しかしお延は、徐々に変化している。次の一節は、岡本の笑談に涙した後、「自分の眼で自分の夫を択ぶ事が出来た」からこそ自分は「幸福」たり得ているのだと、従妹の継子に語って聞かせる場面である。

「あなたあたしのいう事を疑っていらっしゃるの。本当よ。あたし嘘なんか吐いちゃいないわ。本当よ。本当にあたし幸福なのよ。解ったでしょう」

こういって絶対に継子を首肯わせた彼女は、後からまた独り言のように付け足した。

「誰だってそうよ。たとい今その人が幸福でないにしたところで、その人の料簡一つで、未来は幸福になれるのよ。きっとなれるのよ。きっとなって見せるのよ。ねえ継子さん、そうでしょう」

お延の腹の中を知らない継子は、この予言をただ漠然と自分の身の上に応用して考えなければならなかった。しかしいくら考えてもその意味は殆んど解らなかった。(七十二)

継子はお延の「嘆美者」であるが、「ただ愛するのよ、そうして愛させるのよ。そうさえすれば幸福になる見込はいくらでもあるのよ」というお延の主張を、自分自身にどう応用したらよいのか分からず、途方にくれて溜息をつく。継子はお延の「幸福」に疑いを抱いているわけではないのだが、「嘘なんか吐いちゃいない」と闇雲に強弁するのは、継子ではなく、自分自身を納得させようとしているからである。この時点で、お延は、すでに津田の態度に打ち解けないものを感じている。お延の「幸福」に疑いを抱いているのは、お延自身である。

お延はここで「嘘」という語を否定的に用いている。そして、さらに重要なのは「嘘」がはらむ言葉と事実の摩擦に、時間という要素を持ち込んでいる点である。「今」幸福でなくとも「未来」には幸福になる。だから、お延が自分を幸福だと語るのは「嘘」ではないというわけである。同じ論理は、もう一度、より強度を増して展開されている。

「ざわざわ」した気持ちのままに家に戻ったお延は、京都に住む両親に手紙をしたためる。

「今日解決が出来なければ、明日解決するより外に仕方がない。明日解決が出来なければ明後日解決するより外に仕方がない。明後日解決が出来なければ……」

これが彼女の論法であった。また希望であった。最後の決心であった。そうしてその決心を彼女は既に継子の前で公言していたのである。

「誰でも構わない、自分のこうと思い込んだ人をあくまで愛する事によって、その人にあくまで自分を愛させなければやまない」

彼女は此所まで行く事を改めて心に誓った。此所まで行って落付く事を自分の意志に命令した。

彼女の気分は少し軽くなった。彼女は再び筆を動かした。なるべく父母の喜こびそうな津田と自分の現況を憚りなく書き連ねた。幸福そうに暮している二人の趣が、それからそれへと描出された。感激に充ちた筆の穂先がさらさらと心持よく紙の上を走るのが彼女には面白かった。長い手紙がただ一息に出来上った。（七十八）

お延が書いている「現況」は、事実とは異なっている。しかし、書き終えた彼女は、心のなかで両親に宣言するのである。

この手紙に書いてある事は、どこからどこまで本当です。嘘や、気休や、誇張は、一字もありません。もしそれを疑う人があるなら、私はその人を憎みます、軽蔑します、唾を吐きかけます。その人よりも私の方が真相を知っているからです。私は上部の事実以上の真相を此所に書いています。それは今私にだけ解っている真相なのです。しかし未来では誰にでも解らなければならない真相なのです。私は決してあなた方を欺むいてはおりません。私があなた方を安心させるために、わざと欺騙の手紙を書いたのだというものがあったなら、その人は眼の明いた盲人です。その人こそ嘘吐です。どうぞこの手紙を上げる私を信用して下さい。神様は既に信用していらっしゃるのですから。（七十八）

お延にとって、この手紙は「嘘」ではない。しかもこれは「方弁」ですらない。言葉の上だけで取り繕っているわけではなく、指示対象をはっきりと持つ「真相」として語られているからだ。夫と幸せに暮らしているという言葉は、事実の方を変えてしまえば、嘘にはならない。ここでお延が行っているのは指示対象を現前させようとする行為遂行的発話、神を前に行われる「宣誓」である。お延は、言葉に事実を引き寄せようとするのである。男の言葉を学習したお延は、言葉そのものに宿る力を手放さず、しかも女たちと同様に事実に重きを置く。言葉によって、事実を生み出そうというのである。ジェンダー化した二つの言葉の領域を跨ぐことによって、お延は、「演」ずる女から「宣誓」する女へと変貌する。

津田とお延の攻防

「嘘」は津田が抱えた二つの秘密をめぐって、繰り出される。周囲の人物たちは、津田の秘密を共有していて、お延だけがそれを知らない。

周囲の人物は、お延にそれを仄めかす。たとえば津田の友人である小林は、津田の入院中に津田のお古の外套をもらうためにお延を訪ねた際に、「奥さんまだ色々残ってますよ。あなたの知りたい事がね」「実はあなたの知りたいと思ってる事がまだ沢山あるんですよ」と、お延を翻弄する。あからさまな挑発に対して、お延は、一旦は取り合わないという態度に出るが、帰る間際に「妻の前で夫の人格を疑ぐるような言葉を、遠廻しにでも出した以上、それを綺麗に説明するのは、あなたの義務じゃありませんか」と引き留め、攻め込む。それに対して小林は、「一旦いった事を取り消す位は何でもありません。――じゃ津田君に対する失言を取消しましょう。そうしてあなたに詫まりましょう」と迎え撃つ。言葉の上だけの操作でお延をやり込める小林の態度は、やはり男性ジェンダー的なものといえるだろう。お延は、この小林の態度に対して、なすすべがない。

津田に「秘密」があることをお延は確信し、物語の中盤過ぎ、いよいよ津田と衝突する。「波瀾」の発端は、吉川夫人が病院に来ると知った津田が、夫人と二つの秘密（父との送金をめぐる衝突と清子）について話すために、お延を排除しようとしたことにある。少し都合があるので見舞に来なくてよいという手紙を受け取ったお延は、むしろ不信感を高めて、津田が自分を遠ざけようとした理由を知るため、病院を訪れる。津田の作戦は裏目に出たことになる。

津田は、小林の名を出し「小林なんかに逢うのはお前も厭だろうと思ってね」という「嘘」をつく。厭ではないというお延に「そりゃ嘘だ」と津田が言えば、「どうして嘘なの」「それこそ嘘です」「嘘よ、貴方の仰しゃる事はみんな嘘よ」とお延は、全く納得しない。「お延流の機略」と「彼相当の懸引」の「戦争」である。ただし、互いに鎌を掛け合うことになる二人の向かう先は正反対である。津田に対する疑いを晴らすことを目的とするお延と、ごまかしきることを目的とする津田。「真実相」を目指すお延は、言葉と事実を重ねるやり方で、津田に詰め寄る。

「どうぞ、あたしを安心させて下さい。助けると思って安心させて下さい。貴方以外にあたしは憑り掛り所のない女なんですから。あなたに外されると、あたしはそれぎり倒れてしまわなければならない心細い女なんですから。だからどうぞ安心しろといって下さい。たった一口でいいから安心しろといって下さい」

津田は答えた。

「大丈夫だよ。安心おしよ」

「本当？」

「本当に安心おしよ」

お延は急に破裂するような勢で飛びかかった。

「じゃ話して頂戴。どうぞ話して頂戴。隠さずにみんな此所で話して頂戴。そうして一思いに安心させて頂戴」

津田は面喰った。（百四十九）

お延は、「安心しろ」という言質をとる。そのうえで、秘密の暴露を迫るのである。お延に一気に攻め込まれる津田だが、まだ打ち明けない方が「得策」と判断して、「もう止そうよ。その代りおれが受け合ったらいいだろう」と言う。どうやってと聞かれた津田は以下のように答える。

「どうしてって、外に証文の入れようもないから、ただ口で誓うのさ」

「つまりお前がおれを信用するといいさえすれば、それでいいんだ。万一の場合が出て来た時は引き受けて下さいっていえばいいんだ。そうすればおれの方じゃ、よろしい受け合ったと、こう答えるのさ。どうだねその辺の所で妥協は出来ないかね」(百四十九)

津田が差し出すのは「妥協」の一言である。重要なのは、ここに「嘘」はないということだ。「妥協という漢語がこの場合如何に不釣合に聞こえようとも、その時の津田の心事を説明するには極めて穏当であった。実際この言葉によって代表される最も適切な意味が彼の肚にあった事はたしかであった」と語られている。そして決定的なのは、津田の「誓う」という言葉である。お延の宣誓が思い起こされるが、津田もまたここで「誓う」ことになる。つまり、津田は、言葉を事実に重ねさせようとするお延の力に巻き込まれるのである。お延は、確かに変化している。

彼は今までこれほど猛烈に、また真正面に、上手を引くように見えて、実は偽りのない下手に出たお延という女を見た例がなかった。(百五十)

ここに至って、ついにお延は「嘘」と縁を切る。

お延の最終形

この後のお延の語られ方を拾い出してしてみよう。ほとんど別人である。

正直なお延（百五十三）

無邪気なお延（百五十三）

お延はいざとなると口でいった通りを真面目に断行する女であった。（百五十四）

お延の言葉があまりに無邪気だったので、津田は思わず失笑した。（百六十七）

「正直」で「無邪気」。お延から最も遠い二つの性質だったのではないか。さらに「いざとなると口でいった通りを真面目に断行する女」とも言われる。この「口で云った通り」は、岡本の叔母が「叔父の言葉通り断行」するという表現を思い起こさせるが、重要な違いは、叔母は叔父の言葉を解釈する立場にあり言葉を発する者ではないということである。叔父の言葉を字義通りに受け取るだけの叔母には、事実を変える意志も力もない。一方、お延は言葉を発する主体となっている。自らの言葉に事実を引き寄せる強い意志を持ち、そのようにして自らの言葉に力を発生させていく。

「ところがその予言が今にきっと中るから見ていらっしゃいというのよ」

「本当よ。何だか知らないけれども、あたし近頃始終そう思ってるの、何時か一度このお肚の中に有ってる勇気を、外へ出さなくっちゃならない日が来るに違ないいって」（百五十四）

「予言」もまた時間を組み込んだ行為遂行性を帯びた言語行為である。「嘘」から遠く離れて、ついに「予言」する者へとお延は変容する。

「予言」は、男性の言葉に付された行為遂行性と、女性の言葉に付された事実確認性を、あわせ持つ行為である。言葉に現実を引き寄せるお延は、『明暗』のジェンダー規範を攪乱する存在となる。書かれなかった「未来」は、お延によってつくられたはずである。

6 津田とお延のゲーム

ジェンダー規範と二人の主人公

『明暗』の世界は、強固にジェンダー化している。男と女の差異は、明瞭に二項対立的に設定され、ゲームはそれをルールとして展開する。物語のなかに仕掛けられた「秘密」が二つとも津田のものであることは、『明暗』の言葉におけるジェンダー規範に合致している。「秘密」を隠蔽する言葉は、つねに出来事とずれたものになるからだ。津田は、それが「嘘」と言われないように、あるいは「嘘」と言われればそうではないと思わせるために、次々と詭弁を弄することになる。津田の言葉は、「真実」から離れて上滑りしていくばかりである。

ただし、お延と津田には、それぞれに規範からずれている側面があった。二人は、物語の主人公として、単に規範を体現するだけではなく、規範を攪乱する特異性を付されているといえるだろう。ことに、変化したお延が帯びたハイブリディティは、現実を構成する力を言葉に宿らせるものとなって、物語の先行きを方向付けている。一方、津田の特質は、言葉を使う男として未熟であるということにあった。お延との「嘘」の攻防のあと、何とか「妥協」へと持ち込んだ津田は、「畢竟女は慰撫しやすいものである」と自信を得る。しかしお延は、それ以前のお延ではない。「正直」な「予言」者となったお延は、津田をも変えつつある。『明暗』が書き続けられていたら、津田の男性性がより根本的に揺らぐ出来事が起こっていたかもしれない。

ジェンダー化された『明暗』の世界では、津田とお延は、異なる物語を生きている。津田には男の物語、お延には女の物語が用意されていながら、異質な二人が向き合うことで、家族ゲームは続けられていくのである。

『明暗』における戦略的思考

漱石が「写実の泰斗」として絶賛した[*10]ジェーン・オースティンの小説をゲーム理論で読み解いたマイケル・S‐Y・チェは、オースティンが合理的選択や戦略的思考をきわめて積極的に描いていることを指摘した。オースティンの小説には、結婚を目標としてそれに至るまでの選択の契機が満ちている。チェは、オースティンから引き出したゲーム理論として、「戦略的であることと利己的であることの区別」「結婚にとって最善の基盤は戦略的なパートナーシップであること」「感情に圧倒されているときでさえ良い選択をすべきこと」「自分自身とは異なる他者の心を理解することの必要性」「置かれている状況を自覚することが戦略的には愚かな結果を招く危険性」といった点を指摘している。*11 これらの要点は『明暗』にも、見出しうる。

お延は、津田の友人である小林や、お秀、そして津田との駆け引きにおいて、津田についての情報を引き出すために、怒りを見せたり、憐れみを請うたり、知っているふりをしたり、知らないと正直に話したり、お延が身に付けてきた千里眼的な能力で相手の懐を探りながら言葉を操る。残念ながら、いずれの場合もお延は津田の「秘密」に辿り着くことができないのだが、単に置かれている状況について情報を得ればよいというわけではないだろう。『明暗』での選択の進み行きは、オースティンの小説同様に紆余曲折があって、ゴールまで一直線に道が敷かれているわけではない。お延は、戦略的思考を学び、失敗を重ねつつ、それでも最善の選択をすべく、格闘する。道半ばで『明暗』が中断しているので、結果がどうなるのかは分からないが、先から述べているように、お延の形容が大きく転換していることをみれば新たな展開があったはずで、現状では成果を得られているようにみえないお延にも、何か次のステージが用意されていたのではないかと思われる。

それに至る中途で二人が辿り着いた「妥協」という段階は、興味深い。津田には、お延に秘密を隠すのか話すのかという大きな選択があり、お延には、津田の提案を受け容れるか受け容れないかという選択がある。二人の選択の組み合わせを考えれば、この「妥協」は、津田が「秘密」を隠したまま、お延がそれを受け容れるという結果になっていることになる。他の三つの組み合わせ（津田が秘密を隠

し お延は受け容れない、津田は話すがそれをお延が受け容れない、津田が話してお延が受け容れる）と比較して、二人にとって危険の少ない落としどころに至っているといえるだろう。二人にとってのゴールは、「秘密」の暴露とは異なるところにあるかもしれない。というのも、家庭における「幸せ」は、「秘密」の暴露と単純には重ならないからだ。「秘密」が明らかになることで、家庭が壊れることもある。「秘密」が明らかになるとしたら、いつ、どのような文脈で、誰の口から、どのような思いとともに明かされるのか。複層的な状況によって、受け取り手への伝わり方は、大きく異なる。言葉と事実が単純に対立するのではない、柔軟で戦略的なあり方が探られなければならないはずだ。

お延については、漱石と読者との興味深いやりとりが残されている。漱石は大石泰蔵という読者からの手紙に答えて、次のように書き送っている。*12

あなたの予期通り女主人公にもっと大袈裟な裏面や凄まじい欠陥を拵えて小説にする事は私も承知していました。然し私はわざとそれを回避したのです。何故というと、そうするといわゆる小説になってしまって私には（陳腐で）面白くなかったからです。（略）こういう女の裏面には驚くべき魂胆が潜んでいるに違ないというのがあなたの予期で、そういう女の裏面には必ずしもあなた方の考えられるような魂胆ばかりは潜んでいない、もっとデリケートな色々な意味からしてもやはり同じ結果が出得るものだというのが私の主張になります。

大石という読者は、お延の描かれ方に不足を感じて、漱石に不満を伝えたようである。お延に隠された何かがあることを期待していたようだが、『明暗』はそうはなっていない。秘密を抱えているのは津田の方で、お延は、それに近づいていく立場にある。漱石が、女性に秘密を持たせてそれを暴露し罰するような小説を書こうとしていたわけではないことは確かである。隠れた魂胆を描くのではなく、秘密をめぐって二人の主人公を向かい合わせることで展開していくゲームを描いたのである。

*1 ウィトゲンシュタイン『哲学探究』

*2 デイル・スペンダー『ことばは男が支配する　言語と性差』。現在も、女性的な表現においては、パワーが弱められていることが指摘されている（金水敏「役割語のジェンダーとパワー」）。

*3 中村桃子『女ことばと日本語』、三一―四九ページ

*4 J・L・オースティン『言語と行為』。発話行為を判定宣告型、権限行使型、行為拘束型、言明解説型、態度表明型の五つに分類した。

*5 ジョン・R・サール『表現と意味　言語行為論研究』。オースティンの議論を再検討し、断言型、指令型、行為拘束型、表現型、宣言型に分類した。

*6 静の沈黙を論じたものに、押野武志「「静」に声はあるのか『こゝろ』における抑圧の構造」がある。

*7 U・エーコ『記号論I』、九二ページ

*8 周藤多紀「二種類の嘘　アウグスティヌスによる「嘘」の定義」

*9 ジャック・デリダ『嘘の歴史　序説』、一九―二〇ページ

*10 漱石は『文学論』にて「Jane Austenは写実の泰斗なり、平凡にして活躍せる文字を草して技神に入るの点において、優に鬢眉の大家を凌ぐ。Austenを賞翫する能はざるものは遂に写実の妙味を解し能はざるものなりと」と賞賛している（夏目漱石『文学論（下）』、一六七ページ）。

*11 マイケル・S-Y・チェ『ジェイン・オースティンに学ぶゲーム理論　恋愛と結婚をめぐる戦略的思考』、一一四ページ

*12 大石泰蔵宛書簡、一九一六年七月一九日。三好行雄編『漱石書簡集』、三〇三―三〇五ページ

第3章

男性性と「金」

本章と次章でさらに夫婦個別の問題に深く分け入って行きたい。
まずは、夫・津田の「金」の問題から。
そもそも漱石は「金」にまつわる物語を書き続けた作家であるが、
その姿勢は明快な矛盾をはらんでいた。
「金」を価値とする考え方への抵抗、一方「金」の持つ価値への執着。
その矛盾は、当時の(また今でも残る)「稼ぎ主である夫」という考えに
悩まされながらも、「金」へのフラットな姿勢から
親の仕送りを受け続けるという、津田の新しい考え方にも通底している。

1 「稼ぎ主」という男性規範

漱石と「金」

ここまで、『明暗』が近代家族のなかで繰り広げられる家族ゲームを描いていること、そしてその家族ゲームがはっきりとジェンダー化していることを述べてきた。津田とお延は一つの場にありながら、ジェンダーに規定されて異なるゲームを生きている。家族ゲームは、複数のゲームが組み合わされて、構成されているのである。第3章と第4章では、男と女それぞれに振り分けられたゲームについて考えてみたいと思う。端的にいえば、男性には「金」をめぐるゲーム、女性には「愛」をめぐるゲームが与えられている。この振り分けは、現代を生きる私たちにもきわめて馴染みの深いものといってよいだろう。この章では、まず津田に焦点を絞ろう。津田が男性として参戦しなければならないゲームは、「財力に関する妙な暗闘」である。

さて、そもそも漱石は「金」に纏わる物語を書き続けた作家である。漱石の詳細な年譜をつくったことでも知られる荒正人は、「漱石ほど、作品や、他の文章の中で金銭のことに言及した作家はゐない」[*1]と評した。漱石の「金」に対する姿勢は、高田千波によれば二つに分けられる。[*2]一つは「「金持」や「金力」に対する反発と嫌悪の強さ」、もう一つは「「労力の報酬」としての金銭に対する拘泥を隠そうとしなかったこと」である。こうした漱石の姿勢については、とくに前者が注目されて、近代における資本主義体制や、帝国主義に直結する経済偏重の拡大主義に対する批判など、公的領域における漱石の批評性が読み込まれてきた。しかしそれでは、後者の姿勢をどのように受け止めたらよいのか。一方に「金」を価値とする考え方への抵抗があり、もう一方には「金」の価値をふまえたうえでの執着があるわけで、漱石の「金」に対する二つの姿勢は、矛盾している。「金」や「金力」を、資本主義やあるいは帝国主義という公領域における問題として捉えるだけでは、二つ目の姿勢は理解しきれない。ここで考えたいのは、この二つ目の姿勢である。なぜなら、そこには、公的領域における論理とは異なる、私的領域の家族ゲームが絡んでいるからである。

重要になるのは、男性が家族において担う「稼ぎ主」という役割である。男性が稼ぎ主という役割を割り当てられ、一方の女性が家事と育児を分担するという性別役割分担からなる家族形態は、「男性稼ぎ主モデル」といわれており、日本では現在に至るまでことにこの傾向が強いと指摘されている。[*3]家族において男性が稼ぎ主であることを期待されているとき、彼の評価は生活費を家族にもたらす能力によって決定されてしまう。職場での彼の具体的な働きぶりすら、二の次に置かれてしまうだろう。どのような場所で、どのような立場で、どんな人たちと、どのような仕事をし、そしてどのような人間として認識されているのかという情報は、家族にとって必要ではない。家族にどれだけの金を持ち帰るかということだけが重要になるのである。近代において、男性が、「夫」や「父」として家族の領域での承認を求めようとするとき、「稼ぎ主」という立場から逃れることができないとしたら、労働の対価である「報酬」への拘りは当然といえ、また同時に「稼ぎ」のみに己れの存在が回収されてしまうという事態への息苦しさが、規範への抵抗として生じるだろう。漱石の「金」に対する二つの姿勢は、家族という領域からみるとき、一つの事情の表と裏として理解することができる。

現在の男性性研究では、「一人前の男」が「家族を養える男性」を意味するというこの規範が、男性の生きづらさの原因になっていることも指摘されている。[*4] 生きづらさを生み出す要因には、これまでの社会の構造が、変化してきていることが指摘されている。現在では、終身雇用制が崩れ、非正規雇用も拡大、男性の労働環境はすっかり不安定化している。こうした状況の変化は、「一人前の男」に到達できない事態を引き起こし、不安感を抱える男性が増加しているという。またもう一つの要因は、ワークライフバランスが説かれ、育児や介護を担うことが男性に期待されるようにもなってきたことである。「イクメン」という言葉が流通するようになって久しいし、スーパーにも公園にも子供の世話をしている男性が溢れている。[*5] [*6]「稼ぎ主」であることは変わらぬまま、家族における他の役割が重ねられるようになり、男性の負担が増加しているともいう。

「稼ぎ主」であることだけに存在価値をみる考え方は、男性たちにも、徐々に支持されなくなってきている。実際の統計をみても、二〇一九年には、「夫は外で働き、妻は家庭を守るべきである」という考え方に「賛成」あるいは「どちらかといえば賛成」する男性は、四〇代では三八・五パーセント、三〇代で二八・二パーセント、逆の「反対」もしくは「どちらかといえば反対」という男性は、四〇代で五五・六パーセント、三〇代で七〇・二パーセントとなっている。[*7] 性別役割分業を望まない人が、徐々に増加してきていることは間違いない。しかし、同時に指摘されているのは、希望としては、仕事と生活の調和を望む人が多数になりながらも、現実には仕事が優先されているということだ。ことに男性ではその傾向が強い。[*8] 理想が変化することで、現実との乖離が広がるというのが実情なのである。男性学研究では、「フルタイム労働に従事しながら妻子を養う男性像」だけではない、男性性の複数性に注目することの重要性が指摘されているが、「家族を養い守るのは、男の責任である」という問に対しては、年齢や職種、学歴などの属性にかかわらず、ほぼ九〇%の男性が肯定しているともいう。*9 ようやく「男性稼ぎ主モデル」に揺らぎが見え始めてはいても、一〇〇年前の漱石の時代の価値観は、今も消えてはいない。

「立身出世」という規範

漱石の時代特有の男性性規範としては、「立身出世」という四字熟語がある。近代に入って出自にかかわらず誰でも参加できる教育システムが生まれ、家業を相続するのではなく、各々が自分の力量で身に付けた学歴によって「成功」することが可能になる。「立身出世」はそのようにして個人化した男たちに与えられた規範である。「立身出世」は社会的承認に直結しており、主として経済的な成功の度合いによって評価が決められる。男たちが参加しなければならなかったのは、「金力」を手にしたものが最も評価されるというゲームである。

「稼ぎ主」という役割は、立身出世のイデオロギーの一部である。あらためて振り返っておくと、公私の分離と性別役割分業がなされた社会では、男性が立身出世すべき場所は公的領域であり、一方の私的領域である家庭は、女性が担当する。それゆえ、公的領域で活躍するべき男性は、家庭に力を注ぐべきではないことになる。家のことは妻に任せて、仕事に集中するのが、「一人前の男」の生き方である。ただし同時に、家庭は国家の基礎でもあるので、男性にもその形成に参画することが要請されていないわけではない。その際、男性に割り振られるのが「稼ぎ主」という役割なのである。「稼ぎ主」は家庭の外部を活動の場としつつ、家庭を支える存在である。たとえば、「日本男児」のイデオローグだった大町桂月は「家庭に於ける男性は、餌を見出して、牝鶏を呼ぶの雄鶏たらざるべからざる也」と語った。[*10] 桂月のような性別本性論者が、家庭という私的領域において男性に与えた役割が「稼ぎ主」であった。

もう一例、『読売新聞』に掲載された「良夫賢父」（一）〜（十）という連載記事[*11]を紹介しよう。良妻賢母論が溢れ返っていたのと対照的に、良夫賢父論はほとんどない。[*12] それゆえ、この連載記事は当時の家庭の男たちに向けられる視線をうかがうことができる稀有なものといえる。そこでは、そもそも、なぜ「良夫賢父」論が少ないのかということが次のように論じられている。

教科書などにも女子には良妻賢母に力を尽して説いて、男子にこれがないといふのは、特に必要を認めないからであらう。（中略）賢父は拡大された意味を持つのであつて、男子の活動範囲は女子より広い。（井上哲次郎、一九一六年一月二九日）

また、一方には、だからこそ「男子の方は中学修身書にさへ見えません。之れは大いなる欠陥であると思ひます。（中略）良夫賢父並に良妻賢母は国家的に必要であるので、こゝにその教育の必要が起ります」（伊藤貞勝、一九一八年一月二二日）との意見もある。特集の主旨にも「良夫賢父」論の「必要」が掲げられているのだが、結果として最も多く説かれたのは男子の貞操の問題で、家庭のなかにおける男子の役割について具体的に論じられたわけではなかった。家庭における男性の存在を意味付けようとすれば、「家庭は女の営むものとのみ思ふは大いなる間違ひで、ホームの中心は、勿論男子でなくてはなりません。衣食住を供給するのは男子ではありませんか」（三輪田元道、一九一八年一月二五日）という具合に、「稼ぎ主」であることを重視するより他はないのである。

漱石は、この「稼ぎ主」という役割に非常に意識的だった。『明暗』に目を向けると、津田の描写のなかで「稼ぎ主」意識が見られるのは、次のような箇所である。当座の不足を補うために、お延が着物や帯をなどを質に出そうかと提案した箇所である。

細君が大事な着物や帯を自分のために提供してくれるのは津田に取って嬉しい事実であった。しかしそれを敢てさせるのはまた彼に取っての苦痛に外ならなかった。細君に対して気の毒というよりもむしろ夫の矜りを傷つけるという意味において彼は躊躇した。

「まあ能く考えて見よう」

彼は金策上何らの解決も与えずにまた二階へ上って行った。（八）

妻の着物が質に入るという事態が「夫の矜りを傷つける」のは、それが「稼ぎ主」としての能力の低さを意味してしまうからに他ならない。津田にも、「夫」としての役割意識があるわけである。

こうした「夫」として「稼ぎ主」であることに拘泥したエピソードは、『明暗』に示されているだけではなく、漱石が描いてきた「金」の問題を貫いている。ただし、後述するが、実は津田はこうして「夫の矜り」を問題にする男の一人でありながらも、以前の漱石作品の「夫」たちからは決定的にずれている。本章ではこの『明暗』独特のずれ具合を確かめてみたいのだが、以前の漱石作品との差異を説明するために、いくつかの作品を振り返っておきたい。

2 「夫」を語る小説

『野分』の白井道也

はじめに、一九〇七年に『ホトトギス』に発表された『野分』を取り上げてみよう。漱石が新聞小説家になる以前の作品であり、立身出世や金力に対する強い抵抗が露わに示されている。

『野分』は次の一文で始まる。「白井道也は文学者である」。「文学者」である白井道也は、「金力」ですべてを査定する「黄白万能主義」に徹底的に抵抗している。道也は、教師をやめて「筆の力」で生きていくことを決意しており、小説の後半で演説をぶつ。

社会上の地位は何できまると云えば——色々ある。第一カルチュアーで極る場合もある。第二門閥で極まる場合もある。第三には芸能で極る場合もある。最後に金できまる場合もある。しかしてこれは尤も多い。かように色々の標準があるのを混同して、金で相場がきまった男を学問で相場がきまった男と相互に通用し得る様に考えている。ほとんど盲目同然である。（十一）

道也が語るのは、「標準」は複数あるということと、にもかかわらず金力が他の基準を呑み込んでしまうということである。白井道也は、先に述べた漱石の「金」に対する第一の姿勢を体現した登場人物である。

そしてここで確認しておかなければならないのは、こうした金力を拒否する道也の態度が、「稼ぎ主」としての評価とセットで語られているということだ。道也の信条は、妻には全く理解されない。はっきり妻の態度を語るのは、次の一節である。

妻君の世界には夫としての道也の外には学者としての道也もない、志士としての道也もない。道を守り俗に抗する道也は猶更ない。（二）

妻にとって、道也が「文学者」であるということは全く問題にならない。「学者としての道也」も「志士としての道也」も「道を守り俗に抗する道也」も、視野の外である。道也は、「夫」以上でも以下でもない。この文脈における「妻」とは、道也が養わねばならない者を意味している。

道也には妻がある。妻と名がつく以上は養うべき義務は附随してくる。自からみいらとなるのを甘んじても妻を干乾にする訳には行かぬ。干乾にならぬ余程前から妻君は既に不平である。（二）

道也の思想に全く無理解な妻にとって、「豊かに妻を養わぬ夫は、妻の眼から見れば大罪人」である。「夫は意気地なしである。終日終夜、机と首っ引をして、兀々と出精しながら、妻と自分を安らかに養う程の働きもない」と、道也に対して実に冷たい。物語のプロットとしては、この妻の無理解ぶりは重要で、道也が闘争している立身出世と金権主義の俗悪さを妻のあり様が際立たせていく。妻は完全な悪役であり、妻が道也を批判すればするほど、道也の正義が明瞭になるのだった。

最初期の作品である『野分』では、このように「稼ぎ主」という規範への抵抗を足場にして、金権主義批判が繰り出される。繰り返しになるが、注目しておきたいのは、公的領域での金権主義批判の裏面に、私的領域での稼ぎ主としての評価がセットで語られているということである。そしてこの後、漱石の描いた男主人公たちは、家庭の外に自らの軸足を置く道也のようなポジションから、徐々に「夫」のポジションへと近付いていく。

『それから』(一九〇九年)は、その移行の始まりを示す小説である。代助は、裕福な父の援助で悠々自適の生活をしている男で、「麵麭に関係した経験は、切実かも知れないが、要するに劣等だよ」「あらゆる神聖な労力は、みんな麵麭を離れている」という具合に、その経済的優越性を基盤にして、自らの価値観を形成している。稼ぐことに対する嫌悪を抱いた、道也に近い男である。一方に、代助と対立する人物として、学生時代からの友人である平岡という男が登場する。平岡は、部下の不始末の責任をとって失職中で、立身出世には失敗しているが、パンのために働くことを受け容れている。

物語上重要なのは、二人の学生時代からの知り合いで現在は平岡の妻となっている三千代に対して、自分もまた三千代を愛していたのではなかったかと代助が気付き、二人の男の間に競争的な関係が発生することである。『それから』が『野分』と決定的に違うのは、平岡から三千代を奪うことを決意した代助が、父からの援助を打ち切られ、これからの三千代との生活のためいよいよ「稼ぎ主」に変貌せねばならなくなるということである。小説の末尾は、「僕はちょっと職業を探して来る」と書生に告げて家を飛び出した代助が、世の中が真っ赤に転じたように感じるところで閉じられる。そして次作『門』(一九一〇年)では、友人の妻お米を奪い、ひっそりと夫婦で暮らしている宗助が主人公となる。立身出世のルートから完全に外れた宗助であるが、規範への抵抗を語ることはない。家族の領域が宗助の中心となるとき、「妻」は悪役にはならない。弟の小六も抱え、宗助が「金」の苦悩から逃れる場所は消えている。漱石は、家族の内にある男の問題への関心を徐々に深めていくのである。

『道草』の健三

「夫」を描いた小説としての到達点は、『明暗』の前作、『道草』(一九一五年)にある。主人公はイギリス留学後に大学教員をしている健三という男であり、漱石が自分自身をモデルにして書いた小説である。『道草』では、漱石自身の「金」に対する二つの姿勢が、「夫」の立場から語られている。

妻は、またしても夫を理解しない存在として描かれるが、『道草』で興味深いのは、妻の背後に岳父がいるということである。妻は自らの父親を「正しい男の代表者」と信じていたのだが、健三は「全く予期と反対した」男であったという。

二人は二人同志で軽蔑し合った。自分の父を何かにつけて標準に置きたがる細君は、ややともすると心の中で夫に反抗した。健三はまた自分を認めない細君を忌々しく感じた。一刻な彼は遠慮なく彼女を眼下に見下す態度を公けにして憚らなかった。（八十四）

このようにして、『道草』では、健三と岳父が対立する形で、男性性規範をめぐる葛藤が示される。立身出世の鑑となる岳父の描写を引用してみよう。

彼は絹帽にフロックコートで勇ましく官邸の石門を出て行く細君の父の姿を鮮やかに思い浮べた。堅木を久の字形に切り組んで作ったその玄関の床は、つるつる光って、時によると馴れない健三の足を滑らせた。前に広い芝生を控えた応接間を左へ折れ曲ると、それと接続いて長方形の食堂があった。結婚する前健三は其所で細君の家族のものと一緒に晩餐の卓に着いた事をいまだに覚えていた。二階には畳が敷いてあった。正月の寒い晩、歌留多に招かれた彼は、そのうちの一間で暖たかい宵を笑い声の裡に更した記憶もあった。（七十二）

岳父は、社会的にも経済的にも高い地位を築いた男であった。岳父が体現している覇権的な「立身出世」型男性性から、健三は全くずれている。二人の男は、全く別種の理念を生きており、重なることがない。「細君の父と彼との交情に、自然の溝渠が出来たのは、やはり父の重きを置き過ぎている手腕の結果としか彼には思えなかった」というのが健三の言い分である。
かりに健三が、家庭の外で岳父のような男に面したのであれば、自らの理念である金権批判を強化し、無視することができただろう。しかし、この対立は、妻を通して家庭のなかに発生しており、健三は岳父とのずれとして、苦悩することとなる。そして家族を舞台に描かれる二人の男の関係は、「稼ぎ主」であることと切り離し得ない。たとえば、妻から家計が足りておらず着物と帯を質に入れているという実情を聞いた健三は、「夫が碌な着物一枚さえ拵えてやらないのに、細君が自分の宅から持ってきたものを質に入れて、家計の足にしなければならないというのは、夫の恥に相違なかった」と感じ、「もう少し働らこうと決心」する。岳父の「手腕」でつくった着物が自分の「手腕」の貧弱なために質入りすることを「夫の恥」とする健三は、家計の不足に苛立ち怯える。二人の男は、「稼ぎ主」として、一つのゲームのなかに組み込まれるのである。

三人の健三

『道草』には、さらに興味深い点がある。健三が岳父に抱いていた明確な違和感が、融解していくことである。岳父は、職を離れた後、経済的に困窮し、健三に金策の相談に来るのだが、そのとき健三は次のように思う。

> しかし今の彼は健三に対して疑もなく一時的の弱者であった。他に頭を下げる事の嫌な健三は窮迫の結果、余儀なく自分の前に出て来た彼を見た時、すぐ同じ眼で同じ境遇に置かれた自分を想像しない訳に行かなかった。
> 「如何にも苦しいだろう」

健三はこの一念に制せられた。（七十三）

弱者に転じた岳父と健三の力関係は反転するが、健三は勝利を感じはしない。むしろ「すぐ同じ眼で同じ境遇に置かれた自分を想像しない訳に行かなかった」という。健三と岳父の間にあった差異は不明瞭になり、自分が重なってしまう。

心のうちでは好い顔をし得ないその自分を呪っていた。

「金の話だから好い顔が出来ないんじゃない。金とは独立した不愉快のために好い顔が出来ないのです。誤解してはいけません。私はこんな場合に敵討をするような卑怯な人間とは違います」（七十三）

ここで「金とは独立した不愉快」といわれる心情は、どのようなものだろう。金策に手を貸すこと自体が原因なのではなく、「同じ境遇に置かれた自分」がリアルに想像されるからこそ湧き上がる不愉快なのだと説明されている。つまりこのとき、健三と岳父の間にあった人格や思想や職業に関わる異なりは、「稼ぎ主」であるという一点において消えている。岳父に対する同情と共感、さらには自分自身が抱えてきた息苦しさそのものに健三はたじろく。

健三が自己を重ね合わせるのは岳父だけではない。『道草』には、もう一人、「稼ぎ主」として苦境に陥っている人物が登場している。「自分のためまた家族のために働らくべく余儀なくされた」兄である。健三はその兄を見つめて、やはり「何時自分が兄と同じ境遇に陥らないものでもないという悲観的な哲学」を抱く。

三人の重なりは、衣服をめぐるエピソードのなかにも浮かび上がっている。経済的に苦しい岳父と兄は、健三の衣服をもらいうけて身につけている。岳父は「健三の着古した外套に身を包んで」金策によろめき、兄は「健三の外国で着古した洋服を貰って、それを大事に着て毎日局へ出勤」している。あたかも『道草』のなかに、三人の健三が彷徨っているようではないだろうか。「如何にも苦しいだろう」という健三の呟きが、三人の姿を包み込んでいる。

漱石自身の経歴と照合すれば、『道草』で語られているのは漱石が小説を書き出す直前の時期、『野分』を書く少し前ということになる。当時に近い『野分』と、当時を振り返って書かれた『道草』との差異は、漱石の男性性に対する認識が、公的領域から私的領域へと移行していったことを示している。『道草』に至って鮮明になるのは、近代家族において「夫」が「稼ぎ主」となることが、男性性の差異を無化し、固有性を消失させることである。家族ゲームは、公的領域と私的領域を重ね、男たちを一元的な能力主義による評価に曝す装置となるのである。

『道草』には、幼少時の実家の事情によって養子に出されまた戻された健三の記憶も語り込まれているが、それは「実父から見ても養父から見ても、彼は人間ではなかった。寧ろ物品であった」とまとめられている。それぞれの家庭の状況に合わせて、あちらからこちらへ、こちらからあちらへと譲り渡される「養子」となることは、人格的な個性や固有な関係性を奪われる経験であった。養子は、そのような交換可能性に曝された経験として描かれている。「夫」が「稼ぎ」と等価になることも、同様である。「稼ぎ主」となることで岳父と健三との差異は消失し、「夫」たちは交換可能性に曝されている。『道草』には、「しかし今の自分はどうして出来上ったのだろう」「御前は必竟何をしに世の中に生れて来たのだ」「分らない」という自己同一性の揺らぎが語られるが、夫を「稼ぎ主」に還元する近代の家族ゲームは、男性性の差異を一色に塗り込め、その重圧によって男たちに危機を呼び込む契機にもなるのである。

『道草』は、彼が「稼ぎ主」であるからこそ、金に拘泥しなければならなかったことを如実に語った小説といえる。健三は、家族ゲームの只なかにある。漱石の報酬への拘りは、文学者の社会的地位という公的領域における闘争として読まれてきたが、[*13]『野分』から『道草』に至るまで、金の問題は、つねに家族におけるポジションとセットで語られてきた。しかも、少しずつ家族の内側へと入り込んできたことを考えると、漱石は、「稼ぎ主」であることが決して軽視できる問題ではないことを認識していたといえるだろう。男性性の規範の根幹に置かれた、きわめて切実な問題として扱われてきたのである。

3 『明暗』の父たち

『明暗』における「稼ぎ主」

さて、以上を前提として『明暗』について考えてみたいのだが、ここまでの漱石の変化、その深まった底部に押し込められた健三の呻きの残響とともに『明暗』のページをめくると、肩すかしをくらうことになる。津田には、「稼ぎ主」としての自覚が欠落しているからだ。そのことの意味について考えてみなければならない。

そもそも津田には家計を自分だけで支えようという意志がない。津田は父親から仕送りを受けている。しかもそれを当然視して、約束していた返済もせず、仕送りを止められるのだが、その際にも次のような態度を示す。

しかし今まで自分の経済に関して余り心を痛めた事のない津田には、別にどうしようという分別も出なかった。「御父さんにも困っちまうな」というだけであった。（八）

「自分の経済に関して余り心を痛めた事のない」男といえば、『それから』の代助が思い出されるが、大きな違いは、代助は未婚者で、裕福な父の金で暮らす息子のポジションにあったということである。代助は、長男に何かあったときのためのスペアとして保護されている存在であり、自立は望まれていなかった。[*14] 一方、津田家はそうではない。津田の父は、息子が独立して生計を立てることを望んでいる。

学校を卒業して、相当の職にありついて、新らしく家庭を構える以上、曲りなりにも親の厄介にならずに、独立した生計を営なんで行かなければならないという父の意見を翻えさせたものは堀の力であった。津田から頼まれて、また無雑作にそれを引き受けた堀は、物価の騰貴、交際の必要、時代の変化、東京と地方との区別、色々都合の好い材料を勝手に並べ立てて、勤倹一方の父を口説き落したのである。その代り盆暮に津田の手に渡る賞与の大部分を割いて、月々の補助を一度に幾分か償却させるという方針を立てたのも彼であった。（九十五）

娘婿の堀の説得によって、津田の父はしぶしぶ仕送りすることを決めたわけだが、通常の給与は生活にあて賞与で借金返却という、約束が付されている。父にとってこの仕送りは、贈与ではなく、貸与以外の何ものでもない。ところが、津田の方は、そうは思っていないのだった。津田は叔母に「そりゃそうかも知れないけれども、どこの国にあなた阿爺から送って貰った金を、きちんきちん返す奴があるもんですか」という。父親と津田の考え方や感じ方の間に、大きなギャップがあることは間違いない。

津田の「夫の矜り」の描かれ方も、興味深い。先にも触れた箇所であるが、今一度引用したい。

細君が大事な着物や帯を自分のために提供してくれるのは津田に取って嬉しい事実であった。しかしそれを敢てさせるのはまた彼に取っての苦痛に外ならなかった。細君に対して気の毒というよりもむしろ夫の矜りを傷つけるという意味において彼は躊躇した。

「まあ能く考えて見よう」

彼は金策上何らの解決も与えずにまた二階へ上がって行った。（八）

妻の着物が質に入るのが「夫の矜りを傷つける」と感じられている点は、『道草』で「夫の恥」が語られた箇所とほとんど同一である。妻が自分のものを質に入れるというのは、夫の沽券について語る際の定形化したエピソードといってよいかもしれない。それゆえ、一見、津田にも前節までに確認してきた「稼ぎ主」としての自覚があるようにみえる。しかしその後仕事を増やした健三ときわめて対照的に、津田は「金策上何らの解決も与えずに」過ごすのである。

父たちの家

『道草』までに描かれてきた「立身出世」を規範とする男性性は、『明暗』では、父世代の男たちの描写のなかに示されている。とくに『明暗』で注目されるのは、彼等の成功の度合いを示す「家」の問題である。『道草』の岳父は、隆盛を誇っていた時期、代助に向かって「まあ自分の宅を有つという事が人間にはどうしても必要ですね。しかしそう急にも行くまいから、それは後廻しにして、精々貯蓄を心掛けたら好いでしょう」と説いていた。つまり、家は、男にとっての家族ゲームの勝敗を端的に示す、男の成功の証となのである。

「自分の宅」といわれているが、実は当時の持家率はきわめて低い。漱石自身、最後まで借家暮らしだった。一九二三年の『東京市及近接町村中等階級住宅調査』によれば、中流階級の九三%が借家住まいである。[*15] 住宅改良を説いた鎌田賢三著『千円以下で出来る理想の住宅』には、次のように現状が語られている。

将来のことを考へる前に、現在の中流住宅を一瞥しなければならぬ。右の程度にある大部分の人が現在如何なる家宅に住んでゐるかといふに、甚だ遺憾乍ら、其過半数は住宅の改良には与り知らぬ借家住居の人であり、然らざるものも、多く先代から譲り受けた家に住んでゐるのである。どちらにしても多くも五十坪内外の日本家屋であつて、百坪近くの家屋を建てることは、其の収入から考へても容易に出来ることでない。わづかに遺産のある人、特別の収入ある人などが、それを成し得るのみであるが、斯くの如き人は、中流程度の位置に居ても、其家柄は寧ろ上流と見るべきであるから、一般に中流社会といふ一つの範囲のうちで語るべきではない。*16

持家があるということは、上流に属することを意味するといってもよいのである。

建築家を志したこともあった漱石は、小説の舞台となる家を、登場人物の造形の一部として丁寧に描き込んでいる。たとえば、『虞美人草』の甲野さんが住むのは緋鯉の泳ぐ池を配した庭のある屋敷で、父もなく貧しい小野さんは甲野さんの西洋式の書斎に憧れ、藤尾と結婚したいと目論む。『それから』の代助は一人暮らしでありながら茶の間と座敷と書斎があって風呂も庭も付いている家に住み、一方の平岡が落ち着いたのは「この十数年来の物価騰貴に伴れて、中流社会が次第々々に切り詰められて行く有様を、住宅の上に善く代表した、尤も粗悪な見苦しき構え」の借家である。『門』の宗助は「横丁を突き当って、一番奥の左側で、すぐの崖下だから、多少陰気ではあるが、その代り通りからはもっとも隔っているだけに、まあ幾分か閑静」という住まいに息を潜めるようにして暮らしている。[*17]家を持つべきと説いた『道草』の岳父がそのとき住んでいたのは持ち家ではなく官邸だが、その様子は先にも引用した。石門があって、広い芝生のみえる応接間と食堂のある西洋館、さらには日本式の家屋も一棟ついているという屋敷である。力と富の漲る空間に代助は圧倒され、岳父との腕力の差を思い知らされるのである。家は男たちの地位を表す器となる。漱石が描いた家は、単なる背景にとどまらず、それぞれの登場人物の人となりを示し、それ自体がドラマを生み出す意味に満ちている。

さて、では『明暗』において、男たちの家はどのように描かれているか。

まずは、津田の父である。

　彼の父は今から十年ばかり前に、突然遍路に倦み果てた人のように官界を退いた。そうして実業に従事し出した。彼は最後の八年を神戸で費やした後、その間に買って置いた京都の地面へ、新らしい普請をして、二年前にとうとう其所へ引き移った。津田の知らない間に、この閑静な古い都が、彼の父にとって隠栖の場所と定められると共に、終焉の土地とも変化したのである。（二十）

父が長い官吏生活をやめて実業に乗り出したのは、この家を建てるためだったのかもしれない。官吏としての給金だけでは、家を持つことは難しかったに違いない。「東京に生れて東京に育った」ためか、「何ぞというとすぐ上方の悪口をいいたがるくせに、何時か永住の目的をもって京都に落ち付いてしまった」のは、地価のためだとも考えることができそうだ。当時の地価についての記事（「六大市の比較」『大阪朝日新聞』一九一五年七月一日）によれば、一坪あたりの平均価格は、東京で七・七五円なのに対し、京都は、四・二二円である。倍とはいわないまでも、相当な開きがある。しかし、津田は父親のこうした努力について、全く無頓着である。

彼がその土地を余り好まない母に同情して多少不賛成の意を洩らした時、父は自分で買った土地と自分が建てた家とを彼に示して、「これをどうする気か」といった。今よりもまだ年の若かった彼は、父の言葉の意味さえよく解らなかった。所置はどうでも出来るのにと思った。父は時々彼に向って、「誰のためでもない、みんな御前のためだ」といった。「今はその有難味が解らないかも知れないが、己が死んで見ろ、きっと解る時が来るから」ともいった。彼は頭の中で父の言葉と、その言葉を口にする時の父の態度とを描き出した。子供の未来の幸福を一手に引き受けたような自信に充ちたその様子が、近づくべからざる予言者のように、彼には見えた。彼は想像の眼で見る父に向っていいたくなった。
「御父さんが死んだ後で、一度に御父さんの有難味が解るよりも、お父さんが生きているうちから、毎月正確にお父さんの有難味が少しずつ解る方が、どの位楽だか知れやしません」（十五）

父には譲られる家はなかった。津田の父親が言う「有難味」という言葉には、家を建てるまでの父自身の努力が滲んでいる。津田は父の経済状況を余裕のあるものと考えているが、それは父の努力によってつくり上げられたものである。父が貸家を持っていることなども示されているが、もともと京都に縁があったわけではないのだから、それも引退後の生活を支える不労所得として父自身が準備したものと考えられるだろう。津田に独立を望んだ父の姿勢には、自らもそうしてきたという彼自身の自負と、津田への期待が込められていたはずである。ところが、津田は、それを理解する男ではなかった。

津田の父に比べて、より余裕があるのは、お延の叔父の岡本である。岡本の「邸宅」は「近頃身体に暇が出来て、自分の意匠通り住居を新築した」というもので、家を建てるのに苦労をした形跡は全くない。住居の新築後も庭の造作を楽しんでいる最中で、「大きな通草の蔓」を「網代組の竹垣」の中程に「釿なぐりの柱と丸太の桁」で組んだ「茅門」に這わせたり、「玉縁をつけた目関垣」を拵えたりと忙しい。お延の背後には、この岡本の経済力がちらついている。

岡本の友人で、津田の会社のボスである吉川もまた、堂々たる邸宅に住んでいる。

　厳めしい表玄関の戸は何時もの通り締まっていた。津田はその上半部に透し彫のように嵌め込まれた厚い格子の中を何気なく覗いた。中には大きな花崗石の沓脱が静かに横たわっていた。それから天井の真中から蒼黒い色をした鋳物の電燈笠が下がっていた。今までついぞ此所に足を踏み込んだ例のない彼はわざとそこを通り越して横手へ廻った。そうして書生部屋のすぐ傍にある内玄関から案内を頼んだ。（十）

吉川邸を訪ねた津田は、その玄関から入ることすらできない。吉川夫人と面会した後、津田が思い起こす応接間の調度も壮麗である。「冷たそうに燦つく肌合の七宝製の花瓶、その花瓶の滑らかな表面に流れる華麗な模様の色、卓上に運ばれた銀きせの丸盆、同じ色の角砂糖入と牛乳入、蒼黒い地の中に茶の唐草模様を浮かした重そうな窓掛、三隅に金箔を置いた装飾用のアルバム」。成功者たちの家は贅を尽くしたもので、その描写も美文調の華麗さを帯びている。

一方に、津田の叔父で、文筆を生業として「金力」批判を貫く藤井がいる。藤井は、『野分』の白井道也や『道草』の健三の系譜にある人物である。その住居は、「場末」の借家である。

こういう人にありがちな場末生活を、藤井は市の西北にあたる高台の片隅で、この六、七年続けて来たのである。ついこの間まで郊外に等しかったその高台の此所彼所に年々建て増される大小の家が、年々彼の眼から蒼い色を奪って行くように感ぜられる時、彼は洋筆を走らす手をやめて、能く自分の兄の身の上を考えた。折々は兄から金でも借りて、自分も一つ住宅を拵えて見ようかしらという気を起した。その金を兄はとても貸してくれそうもなかった。自分もいざとなると貸して貰う性分ではなかった。（二十一）

藤井の状況を語ると同時に郊外の風景の変質が描き込まれている。一九一〇年代、東京市内の人口は三〇パーセント増加している。ところが住居の供給はそれに追いつかなかったので、絶対的な住宅不足が発生した。とくに第一次世界大戦勃発後は不足が顕著となり、郊外が居住地域へと変化していった。[*18] 叔父の藤井が経験した風景の変化は、そうした事情によるものだろう。しかし、藤井自身は、変化の波に乗ることもできない。藤井は「始終東京にいて始終貧乏」な男だった。

もう一軒、お秀の嫁ぎ先である堀の家が描かれている。「一口でいうと、ハイカラな仕舞うた屋」「役者向の家」「彼の父、彼の母にいわせると即ち先代、の建てた土蔵造りのような、そうしてどこかに芸人趣味のある家」である。「少なくとも系統的に、家の様子を見ただけで外部から判断する事ができる」と書かれているのだが、堀の職業が何なのか明記されてはいない。興味深いのは、それよりも家と人の釣り合いが、細かく書かれていることだ。堀自身については、「彼は自分がどんな宅へ入っているかいまだかつて知らなかった」とあるし、お延は堀のことを「この家に釣り合うようでもあり、また釣り合わないようでもあった」という。お延の意見では、「一番そこに落付いてぴたりと坐っていられるものは堀の母だけ」であり、また「この家の構造に最も不向」なのはお秀である。この家は、先々代より譲り受けた家であって掘自身が建てた家ではない。それゆえ人を表す器になり得ず、親兄弟がともに住む堀家の非近代性を匂わせている。

以上、父、岡本、吉川、藤井、堀という五人の男たちの家が、それぞれに固有の特徴を帯びて描かれていることが分かるだろう。家は、男たちの家族ゲームの勝敗をあからさまに示す指標となる。彼らの家族ゲームでは、そのなかで営まれる関係性の質が問われることはない。家が、男たちが任されている「稼ぎ主」としての能力の有無を可視化するのである。

4 新しい「金」の問題

津田という男

さて、それでは主人公である津田の住居はどのようなものか。実は、これだけの詳細な書き分けがなされているにもかかわらず、津田の家については、ほとんど説明がない。「我々だって一軒持っている」という津田の台詞があるので、借家住まいではないのかもしれないが、それ以上の情報はない。描写に特徴的な点はなく、人格と結び付く器としての意味が与えられてはいないのである。この描写の空白は、津田自身の家に対する関心の欠落を示しているとも読める。先にも引用したように、津田は父が建てた家にあり難みを感じていないばかりか、むしろ仕送りという「金」そのものをシンプルに要求している。この父と息子の姿勢のギャップに、何を読み込むことができるだろうか。

この時期、第一次大戦によって経済状況に大きな変化が生じている。第一次大戦を契機に、日本の経済は輸出超過で勢い付いた。一九一四年には一一億円の債務国であったのが、一九二〇年には二七億円の債権国へと転じ、一九一二年に四一億円だった国民総所得が、一九一九年に一三二億円にまで膨らんだ。こうした経済肥大の象徴的存在となったのは「成金」である。そもそもは日露戦後に生まれた言葉だが、質も数も比べものにならない規模で成金が出現するのは、第一次大戦時である。開戦二年後あたりから、『大正成金伝』（小西栄三郎、富強世界社、一九一六年）、『成金物語』（千原伊之吉、采女社、一九一六年）、『千載一遇成金世界』（致富研究会編、神谷徳太郎、一九一六年）、『成金栄華物語　風流豪奢』

（紅夢楼主人、新興社出版部、一九一六年）、『小資本にして一躍成金たる金儲』（高橋北堂、成々堂、一九一七年）、『成金法講義』（成金学会、一九一八年）、『成金術　投資秘訣』（岡本学、大修館書店、一九一八年）、『大事業家　成金小説』（小田律、玄文社、一九一九年）など、指南書からフィクションまで、「成金」を表題に含んだ書物が次々刊行されている。当時の社会学者の米田庄太郎は成金について論じ、次のようにいう。

我国今日の状態に於て社会学上矢張り重要視す可きものは成金である。成金は我国の現代的発達の必然的な又正当な産物にして、我国が旧時の状態に止まる以上は、成金の出現は或は之を見ないかも知れないが、併し現代的に発達する以上は、其の続出を見るは当然である。（米田庄太郎『現代智識階級運動と成金とデモクラシー』、弘文堂書房、一九一九年、五－六ページ）

「成金」は、資本主義の発達が生み出した存在である。「鉄成金、船成金、株成金、米成金、銅成金などの大成金」[*19]が生まれただけではない。「小成金」の群が発生する。その主戦場は株式市場である。「成金の夢　▽兜町は凄い景気▽小成金の簇生」（『東京朝日新聞』一九一五年一一月二四日）、「株の大波乱で大騒の兜町　芋を洗ふやうな成金の卵」（『東京朝日新聞』、一九一六年九月二三日）などという記事が出ている。「成金」は、出自や学歴、努力や経験を必要としない成功を意味した。津田の父親は、「津田からいえば地味過ぎる位質素」「津田よりもずっと派出好きな細君から見れば殆ど無意味に近い節倹家」と語られているが、父が家を持つために貫いた「倹約」の美徳など、前時代的で無意味なものとなる。資本をつくったら投資する、信用を担保に借金をする、それを投資してさらなる利益を生み出す。「金」が「金」を生む時代に移行したのである。

津田は兜町にたむろする小成金というわけではないが、「金」に対する考え方にはこうした新時代の匂いが感じられる。息子に対する父の想いに関心を示さず、兄の窮状に自分自身の懐から金を用意したお秀の「親切」にも、反応しない。「兄さん、あなたは私の出したこのお金は欲しいと仰ゃるのでしょう。しかし私のこのお金を出す親切は不用だと仰るのでしょう」というお秀の糾弾には、全く動じないのである。「金」は「金」である。

こうした津田にとっての家族ゲームは、どのようなものか。「稼ぎ主」ではないとしたら、津田は、どのような姿勢で家族ゲームに参加しているのか。

津田の結婚生活の特徴は、贅沢さにある。[20]津田の贅沢さは、周囲から批判されているほどである。しかしそこには、津田なりの思惑がある。

お延を鄭寧に取扱うのは、つまり岡本家の機嫌を取るのと同じ事で、その岡本と吉川とは、兄弟同様に親しい間柄である以上、彼の未来は、お延を大事にすればするほど確かになって来る道理であった。（略）お延と仲善く暮す事は、夫人に対する義務の一端だと思い込んだ。喧嘩さえしなければ、自分の未来に間違はあるまいという鑑定さえ下した。（百三十四）

津田にとって「結婚」は、ある種の投資なのである。[21]吉川夫婦の媒酌でお延と結婚し、思う儘の贅沢をさせることで、岡本から吉川への繋がりと吉川夫人の信用を得、自らの社会的地位の安泰というより大きな見返りを得ようという算段である。父から借金したとしても、確かな利回りが見込める投資に繋がるのであれば、厭う必要はない。しかも親からの「金」は、いずれ相続するものなのだから、返す必要はないという理屈である。「金」を有効に運用することを端的に志向する津田は、家族ゲームを、投資の枠組みのなかで遂行している。津田にとって妻は、自分の社会的資産を育てるための一つのアイテムなのである。第1章で確認した妻に優しい新時代の夫らしさの自己演出は、その一部である。

津田は、父世代の男たちと切断されている。漱石の小説群を振り返ると、この切断そのものが、試みの新しさを示している。石原千秋は、漱石の小説が「次男」や「長男」というポジションに規定された物語となっていることを「次男坊の記号学」「長男の記号学」という鮮やかな切り取り方で示した。[*22] 坊っちゃんや『それから』の代助や『行人』の二郎などは、父と長男がつくる「家」に抗う攪乱的主人公といえるし、『虞美人草』の甲野や『門』の宗助や『行人』の一郎、『こころ』の先生などは、父を失った長男たちとして、生き迷う主人公として描かれている。いずれにせよ、父との関係性は息子たちを規定する力を帯びていた。父と息子の物語とは、規範の存在とそれへの抵抗が組み合わされた物語である。

ところが、津田は、父の重みに無感覚な長男である。実の父に対しても、育ての父ともいえる藤井に対しても、津田は一定の距離をとっており、父との関係性から何の傷も負っていない。津田は、長男という物語的ポジションから逸脱しているといえる。前述した「稼ぎ主」の苦悩は貧乏な藤井に託され、津田の物語のなかからは消えている。同様に「立身出世」への抵抗も、津田のなかにはない。かつての漱石の小説のなかにつくられていた対立軸は、別なものへと組み換えられているのである。

小林の異質性

津田が示しているのは「金」に対するフラットな感性である。その津田に軋みをもたらす存在として登場するのは、「善良なる細民の同情者」を自認する小林である。『明暗』には津田と小林の関係によって「金」をめぐる別の物語、「階級」の対立という物語が語り出されている。

第一次大戦がもたらした好況には表と裏がある。輸出超過による国家経済の急成長がある一方で、物価の激しい高騰によって中流以下の人々には深刻な生活難が押し寄せた。つまり、富の拡大と集積がなされる階級と、搾取される階級の分離が際立って深刻化したのである。『明暗』は津田と小林を新しい差異のなかに置き、同時代に進行している表と裏の物語を描き出している。

かつての物語は「立身出世」とそれへの対抗（『野分』）、あるいは対抗の困難さ（『道草』）として描かれていたといえるが、津田と小林の対立は、そのように一つの規範に対するポジションの差異として理解されるものではない。階級の差異は、二重規範によって生産される。自由や平等に関わる権利や倫理が、富める階級と貧しい階級では、公平に配分されてはいない。強調されているのは、二人の世界が全く異質だということである。

小林は語る。

僕は生れてから今日までぎりぎり決着の生活をして来たんだ。まるで余裕というものを知らずに生きて来た僕が、贅沢三昧我儘三昧に育った人とどう違うと君は思う。（百五十七）

津田はこの問いに対する答えを持たない。津田にとって、小林の人生や生活は関心の対象にすらなってこなかったからだ。漱石作品におけるこの小林という人物の特異性を考えるのに、再び『野分』の白井道也に登場してもらおう。というのも、小林は津田から「君見たいにむやみに上流社会の悪口をいうと、早速社会主義者と間違えられるぞ」と言われているのだが、道也もまた細君から「そんな人の家族を救うのは結構な事に相違ないでしょうが、社会主義だなんて間違えられると、あとが困りますから」と言われる人物だからだ。漱石の作品のなかで「社会主義者」だと言われるのは、この二人だけである。しかし、二人の間には大きな違いがある。道也には家族があったが、小林はそうではないということだ。小林はお延に向かって呟く。

僕だって朝鮮三界まで駈落のお供をしてくれるような、実のある女があれば、こんな変な人間にならないで、済んだかも知れませんよ。実を云うと、僕には細君がないばかりじゃないんです。何にもないんです。親も友達もないんです。つまり世の中がないんですね。もっと広くいえば人間がないんだともいわれるでしょうが。（八十二）

道也は、「夫」でありつつそれを拒否することで、対抗的な男性性を獲得しており、「正しい道」を語る矜持を持ち得ていた。小林はそうではない。小林には、そもそも「稼ぎ主」となる選択肢すら与えられていない。経済格差が、家族ゲームに参加できない者を生み出すという問題が発生しているのである。『明暗』は、男たちの家族ゲームに階級の視点を組み込み、参加者同士の勝敗ではなく、参加できる者とできない者の格差を描き出す。

小林の「人間がない」という言葉は、アガンベンのいう「非人間」[*23]を思い起こさせもする。死を悼まれる人々がいる一方に、死を悼まれない人々がある。アガンベンは十全な生と生きられるに値しない生という二分における後者の究極的な例を「収容所」にみたが[*24]、小林が体現しようとしている不可視性は、そのような決定的な落差を浮かび上がらせるのではないだろうか。あるいはジュディス・バトラーの言葉を借りれば「承認可能」な人々と「承認不可能」な人々の差異[*25]である。階級の問題は、そのような資格や権利をめぐる分断と搾取と不可視化の徴候として描かれている。

「人間」から振り落とされた小林が「金」を扱う態度は、津田とは根本的に異なる。小林は、津田から餞別として渡された金を、貧しい画家志望の青年に渡す。津田からの「餞別」は、小林に付きまとわれないために支払った金である。一方、小林が青年に渡す金は、見返りを期待しないものであって、津田の金を明瞭な贈与へと転位させている。贈与は、両者の間に「金」を超える関係性を生み出す。

さらに小林は、津田に、見知らぬ青年の手紙を読ませる。手紙には、青年が、東京の叔父に騙され、書生扱いで家の下働きを無賃でさせられる毎日を送っており、「手を挙げても足を動かしても、四方は真黒」という「厚い冷たい壁」のなかに閉ざされて、「世界のうちで自分だけが魔に取り巻かれている」ようで気が狂いそうだという悲痛な声が記されていた。叔父の裏切りという話は、『門』や『こころ』にも書かれており、一見その変奏のようなのだが、この孤立感と閉塞感は以前の小説の比ではない。青年は、叔父の家で声を奪われている。小林への手紙には、「僕がまだ人間の一員として社会に存在している」のかどうかを確かめたいという僅かな願いが込められていた。ここにも「非人間」化という問題が書き込まれている。人としての尊厳が、知らぬ間に奪われてしまっているという暗闇のなかで、重ねられる蹂躙にただ耐えるという出来事は、それまでの漱石の小説で書かれたことはない。小林という人物が、漱石の作品群のなかではじめて、山の手の物語を包む皮膜に、裂け目を入れるのである。

予言とその行方

津田には小林（の世界）が見えない。それと対照的に、小林からは津田が見えている。小林は、津田がなぜ自分を軽蔑しているのかということについて、端的に分析してみせる。第一に、「身分も地位も財産も一定の職業もない」ということ、第二に津田の境遇が小林の助言を必要としていないということ、第三は小林が「糞と味噌」を区別しない「野人」だということ。三点とも津田には反論できない。つまり、小林には津田が理解できている。一方、津田に小林は理解できない。

津田はほぼ小林の言葉を、意解する事が出来た。しかし事解する事は出来なかった。従って半醒半酔のような落ち付きのない状態に陥った。（百六十一）

小林は、津田にとって圧倒的に異質な存在である。その裏返しに、小林は、最も多くの情報を握る人物となっている。津田の過去を仄めかしてお延を揺さぶり、お秀や吉川夫人の動向を告げて津田を慌てさせる。吉川と岡本についても、「一つ朝鮮へ行く前に、面白い秘密でも提供して、岡本さんから少し取って行くかな」という具合に、秘密を握ろうとしている。それは彼のサヴァイブの方法でもあった。秘密をめぐる闘争は、津田とお延の家族ゲームの外へ、土俵を変えて引きずり出されようとしている。

秘密を握る小林は予言する。

やっぱり実戦でなくっちゃ君は悟れないよ。僕が予言するから見ていろ。今に戦いが始まるから。その時漸く僕の敵でないという意味が分るから。（百六十）

未完ゆえ永遠に死角となった『明暗』の続きには、「貧賤が富貴に向って復讐をやってる因果応用」のドラマが用意されていたに違いない。それでも、残された部分から分かるのは、漱石が、同質な世界における対立を描く父と息子の物語に終止符を打ち、同じ時間にもう一つの異質な空間が発生していることを言語化する、階級の物語を書いたということである。

漱石が初期から『道草』まで、繰り返し書いた「稼ぎ主」の苦悩は、今もなお男性性の主流の物語となっている。近年の男性性研究は、男性たちが、家族の扶養責任を内面化していると同時にその達成が困難になっているところに男性の「生きづらさ」をみている。健三が抱えた苦しみは、今もなお再生産されており、「大黒柱」であることのプレッシャーは消えてはいない。同時に、新たな問題として見つめなければならないのは、「生きづらさ」にも主流と非主流があるということである。小林の「生きづらさ」は、健三の呻きとは異なる物語を喚起している。小林は、結婚する余裕などないと呟いていた。「稼ぎ主」という期待を背負う状況そのものから排除されているのである。現代において指摘されている、経済格差と家族形成格差の連動[*26]が問題になっているともいえるだろう。貧困は、家族形成そのものを妨げる。一方では、それゆえ、家族を持つことが、社会的資源の獲得を意味することになるのである。

家族ゲームの内部での男たちの競争を語る物語から、家族ゲームの内と外に振り分けられることを問題化する物語へ、『明暗』は展開している。

津田の「金」に対するフラットな感性は新しい。しかしその新しさの裏には、見えないもう一つの世界が生み出されている。「金」への津田の感性に、どうしたら裂け目をつくれるか。『明暗』に書かれなかった津田と小林の物語の続きは、私たちが考えなければならない。

＊1　荒正人「漱石文学の物質的基礎」

＊2　高田千波「金／金銭」

＊3　大沢真理『現代日本の生活保障システム　座標とゆくえ』

＊4　多賀太『男子問題の時代？　錯綜するジェンダーと教育のポリティクス』、一二一―五九ページ

＊5　石井クンツ昌子『「育メン」現象の社会学　育児・子育て参加への希望を叶えるために』

＊6　平山亮『介護する息子たち　男性性の死角とケアのジェンダー分析』

＊7　『令和2年度版厚生労働白書』厚生労働省、二〇二〇年。

図表1－3－10「夫は外で働き、妻は家庭を守るべきである」に対する考え方の推移」

*8 『令和2年度版厚生労働白書』、図表表1－3－34「「仕事」、「家庭生活」、「地域・個人の生活」の関わり方」

*9 田中俊之『男性学の新展開』、七七ページ

*10 大町桂月「男性と女性」、一二〇－一三〇ページ

*11 『読売新聞』一九一八年一月一八－三一日

*12 近代家族における男性存在の希薄さを指摘したものとして、海妻径子『近代日本の父性論とジェンダー・ポリティクス』、沢山美果子「「近代家族」における男　夫として・父として」がある。

*13 小森陽一「金力と権力」。一方、漱石の経済的実情を詳細に調査した山本芳明は、朝日新聞に商業主義的な要請をしないことを条件として認めさせていた漱石は、「市場との軋轢や葛藤を知らずに死んだ〈幸運〉な近代小説家」であると指摘している（山本芳明『漱石の家計簿　お金で読み解く生活と作品』、一七六ページ）。

*14 石原千秋「反＝家族小説としての『それから』」

*15 『東京市及近接町村中等階級住宅調査』東京府社会課、一九二三年、一一ページ。調査の対象は主として月収七〇円以上二五〇円以下。

*16 鎌田賢三『千円以下で出来る理想の住宅』、一一ページ。一九二五年には一五版を重ねている。ちなみに鎌田のいう「中流」は「人は何の位の標準を取るか知らないが、余は中流社会はさほど程度の高いものではないと思ふ。即ち官吏ならば奏任官及び判任官の上の部、商人ならば月収三百円内外、即ち三級公民の程度を標準とする」としている。

*17 前田愛「山の手の奥　『門』」

*18 小野浩「第一次世界大戦前後の東京における住宅問題　借家市場の動向を中心に」

*19 樋口麗陽『物価暴騰逆利用法』、一五五ページ

*20 近現代のサラリーマン表象を分析した鈴木貴宇は、第一次大戦後にサラリーマン表象が増加し、その特徴として「世間体」を気にすることが強調されていることを指摘している。鈴木貴宇『〈サラリーマン〉の文化史　あるいは「家庭」と「安定」の近現代史』、一二〇－一二五ページ。

*21 藤尾健剛（「お住がお延になるとき（『道草』『明暗』）」）は、津田のこうした態度について「快楽主義者の津田にとって、お延は他のモノとの差異によって価値を測られる商品でしかなかった」、「津田がお延に注ぐ愛情には、将来の昇進を当てこんだ投資という性格が多分に含まれている」と指摘する。松澤和宏（「仕組まれた謀計　『明暗』における語り・ジェンダー・エクリチュール」）もまた、この「利害の論理」がお延との結婚の理由であると指摘する。

*22 石原千秋『漱石の記号学』

*23 ジョルジョ・アガンベン『開かれ　人間と動物』、六一－

七一ページ

＊24 ジョルジョ・アガンベン「近代的なものの生政治的範例としての収容所」『ホモ・サケル　主権権力と剥き出しの生』、一六五－二五五ページ

＊25 ジュディス・バトラー『アセンブリ　行為遂行性・複数性・政治』、四九－五九ページ

＊26 久我尚子「若者の経済格差と家族形成格差」

第4章

お延と「愛」

妻・お延は、現実の大正には存在しなかった、
漱石が創造した虚構の女性である。
妻・お延にとって何より大切な問題は「愛」であり、「恋愛結婚」を実践し、
それまでの漱石作品の女性たちが経験しなかった苦難に向き合う。
しかし、当時の先進的な雑誌『青鞜』などを背景に登場してきた
よりラディカルな考え方を持つ「新しい女」、
そんな存在とも、お延は、ずれている。
「愛」のゲームを生き抜いていくパイオニアとして、
現代の女性へ何を訴えかけるだろうか。

1 「愛の戦争」

津田夫婦の「恋愛結婚」

夫のゲームの一方には、妻のゲームがある。次に考えたいのは「愛の戦争」である。「愛の戦争」は、直接的には、津田とお延の間で起こっている。夫を征服したい妻と、それに表面上は従いつつも、心の奥底では屈しない夫との駆け引きである。とはいえ、「財力に関する妙な暗闘」の背後に、男の家族ゲームの文脈があるように、「愛の戦争」の背後には、女にとっての家族ゲームの文脈が存在している。[*1]「愛」をめぐるゲームは、女にとって、個人的な欲望や幸福にとどまらない、社会的なステイタスに関わる一大事である。

まずは、お延と津田の関係がどのように始まったかを確かめておこう。

はじめてお延が津田由雄に出会ったのは、実家のある京都である。お延は、父の使いで、津田の家を訪ねて、津田に出会った。お延が言いつかった父の用事は、借りていた『明詩別裁』という唐本を返して、新しく借りたい本を記した手紙を届けるということだったのだが、津田の父は不在で、息子の由雄が対応したのだった。津田が、その場で父宛の手紙を開封したことを「不作法」だけれど「果断」だとお延は感じる。「どうしても彼を粗野とか乱暴とかいう言葉で評する気にならなかった」というように、お延は、津田に好感を抱いたのだった。さらに、その日のうちに、津田は本を届けに来る。

由雄の手に提げた書物は、今朝お延の返しに行ったものに比べると、約三倍の量があった。彼はそれを更紗の風呂敷に包んで、あたかも鳥籠でもぶら下げているような具合にしてお延に示した。（七十九）

たくさんの本を軽々と持って現れた彼は、お延の目に頼もしく映っただろう。自身はよく知らない本を『呉梅村詩』という四文字を的に、書棚をあっちこっちと探してくれ」たという話からは親切さを感じただろうし、父の雑談を迷惑がるでもなく応対する様子にも目を向けている。お延にとって津田は、穏やかな出会いながらも深い印象を与えたのだった。その後の経緯は、次のように記されている。

お延は自分で自分の夫を択んだ当時の事を憶い起さない訳に行かなかつた。津田を見出した彼女はすぐ彼を愛した。彼を愛した彼女はすぐ彼の許に嫁ぎたい希望を保護者に打ち明けた。そうしてその許諾と共にすぐ彼に嫁いだ。冒頭から始末に至るまで、彼女は何時でも彼女の主人公であった。また責任者であった。自分の料簡をよそにして、他人の考えなどを頼りたがった覚はいまだかつてなかった。（六十五）

つまり、お延は自分で自分の夫を選んだことになる。「女は一目見て男を見抜かなければいけない」

というのは、お延が従妹の継子に語っていた一言だが、お延は自らの言葉通りに津田を選び、「相思の恋愛事件」を経て結婚したのだった。継子は、恋愛結婚を成功させたお延を崇拝している。お延は、幸福を自らの手で摑み取る恋愛結婚の輝かしい先駆者となったのだった。

大正の「恋愛結婚」

「恋愛結婚」が、当時の日本において一般的でなかったことはいうまでもない。序章でも触れたが、「恋愛結婚」が理念として強く語られるようになるのは、大正中期のことだ。大きな影響を及ぼしたものとして知られる厨川白村『近代の恋愛観』の内容を、少し詳しく紹介しよう。

『近代の恋愛観』は、一九二一年九月三〇日から一〇月二九日にわたって『東京朝日新聞』に連載(全二〇回)されたのち、一九二二年一一月に改造社から単行本として出版され、一ヶ月で四〇版を重ねるベストセラーとなった。白村は、「Love is best」というブラウニングの一言を掲げ、恋愛に価値を見出すだけでなく、それを結婚と結び合わせた。「結婚に就いては恋愛を最大最上の條件とせよ」と主張したのである。「恋愛結婚」を提唱する際に、白村が批判したのは「見あひ結婚」である。「恋愛」なく結ばれる「見あひ結婚」を「強姦結婚、和姦結婚、売淫結婚」とすら表現[*2]して、痛烈に批判した。「簡単なる見あひ結婚からでも、後にはおのづから愛情を生ずると云ふ。(略) しかし忘れてはならない、その愛情は、最初何等の人格的精神的結合によらずして、純然たる肉体の性交から発足してゐると云ふ恥づ可き事実を[*3]」と「見あい結婚」の後に生じる「愛情」すら否定している。「恋愛」は性的な欲望と切り離されることで、理念化されたのである。「家族よりして更に隣人に及び、おのが民族の全部に及び、社会に及び世界人類に及ぶとき、吾々人間の完全なる道徳生活は茲に成る。愛のない所に道徳はない」[*4]というように、恋愛は道徳の問題として説かれた。こうして、恋愛と結婚と生殖を一続きのものとして道徳の中に閉じ込めるロマンティックラブ・イデオロギーが語られたのだった。それは、「恋愛」の社会的な意義を唱えるものであって、個人の欲望を肯定する考え方ではなかった。それゆえ白村は「自由結婚」も、否定した。「自由結婚」は、「恋愛」ではなく「性欲」によって結び付いた「野合」として捉えられ、一方で、「恋愛結婚」の精神性や道徳性が強調されたのである。[*5]

2 「恋愛」と漱石

明治の「恋愛」

「恋愛」という概念そのものが日本に登場した時期についていえば、明治の二〇年代まで遡ることができる。そのころ、同時に、異性の間の「愛」だけでなく、家庭における「愛」の必要性も、西洋近代的な家族観の輸入とともに説かれた。その二つが並行して論じられることで、夫婦や親子は「愛」で結ばれるべきだという考え方がつくり出される。ただし、西洋近代的なスイート・ホームにおけるラブは、封建的な家族関係を改良することを目指すための理念なので、夫婦の「愛」を称揚しても、夫婦ではない男と女の「恋愛」をそれと同じように考えることはできない。むしろ逆に、たとえば

「恋愛」のイデオローグとして知られる北村透谷の議論に顕著なように、[*6]「恋愛」は非社会的なもので「結婚」とは相容れないものとして捉えられていた。透谷にとっては、だからこそ「恋愛」は詩人の牙城になり得たのである。逆に社会的には、文学にかぶれて「恋愛」に溺れる若者は批判され続けた。女学生であれば、尚更である。

漱石の作品でも、「維新の志士」のような意気込みで書いた最初の新聞小説『虞美人草』では、恋する女が罰せられる。『虞美人草』は、甲野という知識人を物語の軸にしつつ、その異母妹である藤尾の恋愛を語る小説である。甲野には宗近という親友がおり、すでに他界している甲野の父は、藤尾を宗近に嫁がせることにしていた。しかし藤尾は、英文学の家庭教師に来ていた小野を選ぶ。宗近とは違って、小野は文学や詩を理解する男だからだ。一方の小野も、貧しく育った境遇から、資産家の娘である藤尾との結婚を望んでいた。しかしながら、小野は、東京に出てくる前に、世話になった孤堂先生の娘である小夜子と結婚の約束をしていた。そして、その事情を知った宗近と甲野は、小野に「真面目」になれと諭し、小野は小夜子との結婚を選ぶ決意をすることとなる。物語の結末部で、藤尾は、すべての登場人物が揃ったなかで、宗近や甲野から、小野の事情と、彼らの「道義」に叶う小野の結論を告げられる。藤尾は、卒倒する。次のシーンは、藤尾の告別式である。藤尾は、憤死したのである。

『虞美人草』は、「恋愛」をして、結婚相手を自分で選ぼうとした女性である藤尾が、「真面目」に生きる人々から罰せられて、死ぬという物語である。よく知られているように、漱石は弟子の小宮豊隆宛の書簡に、「藤尾という女にそんなに同情をもってはいけない。あれはいやな女だ。詩的ではあるがおとなしくない。徳義心が欠如した女である。あいつをしまいに殺すのが一編の主意である」と記している。[*7]漱石は「恋愛」を許さなかった。藤尾が望んだのは、「結婚」に結び付いた「恋愛」であり、透谷的な反社会的ロマンスに憧れていたのではない。「恋愛」と「結婚」を重ねたいという、大正時代であれば理念となり得た願いだったわけだが、明治四〇年の漱石は「真面目」な「道義」によって、それを握りつぶしたのである。

英文学と「恋愛」

こうした漱石の態度の背景に、「英文学」そのものへの違和感があったことも、よく知られている。藤尾はシェイクスピアを読みながら登場する。藤尾の「恋愛」への欲望は、英文学によって生み出されたものである。漱石は英文学者・夏目金之助として『文学論』という文学理論書を発表しているが、その「序」には、もともと「漢籍」を好んで育ち、そうした「文学」であれば「生涯をかけて」学んでも後悔はないだろうと考えたこと、ところが、時代の変化に合わせて「英文学」を選んでみたら、予想していたのとは全く異質なものであったという苦い思いが記されている。大学で英文学科を学んで文学士となったものの「英文学に欺かれたるが如き不安」を抱いて、英語教師として松本に行き、熊本に行き、ついには倫敦に留学することになったのだった。「不安」を覚えるのは、知識がないからではないという。知識の点では漢籍も英語もそれほど違いはない。にもかかわらず、漢籍については十分に「味ふ力」があるという自信があるのに、英文学についてはそうではない。問題は、知識や能力ではなく、「好悪」にあった。漱石は、英文学を漢籍のように好むことができなかったのである。

好きなものについては、分かるといえる。分かると感じるとき、好きになるといってもいいだろう。しかし、好きだと思えないものについては、分かるとはいえない。分からないと感じるとき、好きにはなれない。この「好悪」の差異が「不安」の出所である。「漢学に所謂文学と英語に所謂文学とは到底同定義の下に一括し得べからざる異種類のものたらざるべからず」。倫敦でついに考え至ったのは、漢学でいう文学と、英語でいう文学とは、決して同じ定義でまとめることのできない異種類のものであるということだった。そして、ならばそもそも「文学」とはどのようなものなのかという、より深く根本的な問いを立てて、考え抜いた結果をまとめたものが『文学論』となったのだった。

この英文学への違和感は、「恋愛」への違和感と繋がっている。漱石は「恋愛」に対する態度を、「東西両洋思想の一大相違」と述べている。

凡そ吾々東洋人の心底に蟠まる根本思想を剔抉してこれを曝露するとせよ。教育なき者はいざ知らず、前代の訓育の潮流に接せざる現下の少年はいざ知らず、尋常の世の人心には恋に遠慮なく耽ることの快なるを感ずると共に、この快感は一種の罪なりとの観念附随し来ることは免れ難き現象なるべし。吾人は恋愛を重大視すると同時にこれを常に踏みつけんとす、踏みつけ得ざれば己れの受けたる教育に対し面目なしといふ感あり。(略)これ誠に東西両洋思想の一大相違といふて可なり。(第一編第二章「文学的内容の基本成文」)*8

ブラウニングの「Love is best」もその一例として引用されているが、「西洋文学の九分は何れも争ふてこの種の内容を含むといふも不可なきが如し」というように、恋愛は英文学、西洋文学の中心的主題である。英文学への違和感を冒頭に置く『文学論』だが、文学とは何かという問いは普遍的に設定されており、用例のなかには漢籍からの引用もしばしば組み入れつつ論じられていて、『文学論』全体を見渡せば、実は英文学と漢文学の差異について、ほとんど関心が割かれていない。しかしながら、恋愛に関しては、はっきりと東西の差異として記述されている。漱石の英文学に対する違和感に、「恋愛」が大きな位置を占めていたのは間違いない。

そのうえで、重要だと思われるのは、漱石はこの違和感を抱いた恋愛を、にもかかわらず、自らの小説で書き続けたということである。『虞美人草』は、恋愛を滅するために語られていたといえるだろうが、その後の小説では、必ずしも「恋愛」は否定されてはいない。『それから』も『門』も、主人公たちは最初の結婚を破って、恋愛を選ぶ者たちであった。同様に、「英文学」に対しても、漱石は、単に排したわけではない。東洋人として、西洋文学に唯々諾々と全面的に降服することは拒否したとしても、その世界に思わず引き込まれるという経験も、漱石はしたはずである。『文学論』に溢れる英文学からの引用は、漱石のそうした経験のなかから選び出されたものだ。分からないということは、排除に直結しはしない。分からないものに出会って、しかも理由も説明できないままに惹かれてしまうという経験は、既存の自己を揺り動かす。だからこそ、そこに「不安」が生じる。そのとき、自陣に戻って防御的に自己を再確認し「不安」を解消するという態度も取り得るだろうが、漱石はそうはしなかった。「不安」ゆえに、もう一歩前に出て、その源を知ろうとしたのである。

「恋愛」と「英文学」は二重化しつつ、漱石に不安をもたらすものだったといえる。そしてまた「英文学」についての経験は、「恋愛」の経験にきわめて似てもいるのではないだろうか。「恋愛」では、相手の思惑が、最も知りたいものになると同時に、どこまでいってもはっきりとは分からないものになる。分からないもの、謎を帯びたものに出会って、翻弄される。不安に揺さぶられながらも、そこに何があるのか確かめたくなる。「恋愛」を内に抱え込んだ「英文学」に出会って、漱石は驚いた。分からないと思うと同時に、自分にとっては未知の何かに触れて、気持ちが大きく揺さぶられたのではないだろうか。知識で整理のつくこととも思えない、それは「好悪」に関わる経験だった。好きではないと思いつつも、その自分が抱いた感情が正当なものかどうかも分からない。これまでの自分の感性や倫理性にとって異質なものであることは確かであっても、同時にそこに大きな意味を見出す文化があることも知っているからだ。あるいは、好いてはいけないと考えつつも、思いもかけない情動が湧いてくる。それは何なのか、それに反応した自分は自分なのか。異なる感性があることを知った衝撃は、発見などという明るい言葉に収まるものではなかったのではないだろうか。だからこそ、「不安」と、そして「不愉快」という言葉が選ばれたのである。「英文学」との出会いは「恋愛」との出会いとなり、あたかも「恋愛」のような経験として語られている。新聞小説家としての最初の仕事である『虞美人草』では、「恋愛」を道義で封じ込めようとしたものの、「恋愛」が消え去ることはなかった。その後、漱石は「恋愛」を書き続け、『明暗』に至るのである。

3 『明暗』の「恋愛」

「恋愛」から「恋愛結婚」へ

明治大正の恋愛結婚事情と、漱石作品の恋愛事情を振り返ってきたが、『明暗』を理解するのに重要なのは、「恋愛結婚」が描かれたということの新しさである。現代からみれば、その新しさは見えにくいかもしれない。しかし、『虞美人草』から十五年、お延は、自分で自分の相手を選び、無事に結婚まで漕ぎ着けた、漱石作品で最初の女性なのである。

ただし、その後の幸せが書かれたわけではない。『明暗』は、「恋愛結婚」の困難を描く小説である。お延にとっての家族ゲームは、「恋愛結婚」を実践したパイオニアとして、それまでの漱石の女性たちが経験しなかった苦難に向き合い、その成功を目指して戦うものとなるのである。

では、「結婚」したお延が抱えた最大の問題は、何であったか。

それは、夫の態度だった。夫の津田は、結婚した後、別人のように変わってしまったからだ。

その時の彼は今の彼と別人ではなかった。といって、今の彼と同人でもなかった。平たくいえば、同じ人が変ったのであった。最初無関心に見えた彼は、段々自分の方に牽き付けられるように変って来た。一旦牽き付けられた彼は、また次第に自分から離れるように変って行くのではなかろうか。彼女の疑は殆んど彼女の事実であった。彼女はその疑を拭い去るために、その

事実を引ッ繰り返さなければならなかった。（七十九）

この人だと確信して結婚したら、思っていたのとは違っている。どこが違っているのか、はっきり掴めはしないものの、とにかく違っているとお延は感じている。しかし、もちろん別れることなどできない。お延の前にあるのは、夫との関係を継続していくという選択肢のみである。先行きに曇りが生じたその関係をどのようにすれば修復することができるのか。お延が戦っているゲームはそのようなものだ。

もう一度、漱石と英文学の関係を思い出しておきたい。これだと確信して選んだものが、想定していたのとは違うという戸惑いや、関係を切るわけにはいかないという状況は、やはり漱石と英文学との関係に類似している。というより「恋愛結婚」は、英文学と漱石の関係のより忠実なメタファーとなるのである。なぜなら「恋愛結婚」は、出会っただけではなくその後も継続する物語、衝撃や変質や不安や不愉快な時間を含み込んだ経験であるからだ。「恋愛」を背負う藤尾は倒れたが、「恋愛結婚」を背負ったお延は倒れるわけにはいかない。止まらず次の時間へ移行しなければならない。『明暗』では、失調した「恋愛結婚」を通して、簡単に終えることのできない新しいゲームが展開していく。

失調した「恋愛結婚」

さて、ゲームの出発点で、お延が向かい合っている苦難は、津田が変わってしまったという問題だった。正確にいい直せば、変わってしまったとお延が感じるような事態である。しかしながら、まず考えてみたいのは、そもそも津田は本当に変わったのかどうかということである。というのも、津田が変わったのではなく、そもそもお延が見誤っていたという可能性もあるからだ。それでは、どちらのプロットが構成されているだろうか。

津田の変容の背景として語られるのは、お延に隠された津田の物語があるということだ。それは、吉川夫人と津田とが話すシーンで次々と明かされていく。まず、津田の側からみた二人の結婚の経緯だが、次のように説明されている。

有体にいうと、お延と結婚する前の津田は一人の女を愛していた。そうしてその女を愛させるように仕向けたものは吉川夫人であった。世話好な夫人は、この若い二人を喰っ付けるような、また引き離すような閑手段を縦ままに弄して、そのたびに迷児々々したり、または逆せ上がったりする二人を眼の前に見て楽しんだ。けれども津田は固く夫人の親切を信じて疑がわなかった。夫人も最後に来るべき二人の運命を断言して憚からなかった。のみならず時機の熟したところを見計って、二人を永久に握手させようと企てた。ところがいざという間際になって、夫人の自信は見事に鼻柱を挫かれた。津田の高慢も助かるはずはなかった。夫人の自信と共に一棒に撲殺された。肝心の鳥はふいと逃げたぎり、遂に夫人の手に戻って来なかった。

夫人は津田を責めた。津田は夫人を責めた。夫人は責任を感じた。しかし津田は感じなかった。彼は今日までその意味が解らずに、まだ五里霧中に彷徨していた。其所へお延の結婚問題が起った。夫人は再び第二の恋愛事件に関係すべく立ち上った。そうして夫と共に、表向の媒妁人として、綺麗な段落を其所へつけた。(百三十四)

津田がお延と結婚した背後には、結婚するつもりだった清子に去られるという事情があり、さらにその奥に吉川夫人が存在している。つまり、吉川夫人が仕掛けた清子との関係の破綻がまずあって、その穴埋めとしてお延との結婚が進められたのだった。

結婚後、周囲の者からは、津田がお延を大事にしすぎると非難されているのだが、そこにも隠れた津田の意図があったことは、前章で確認した。「お延を鄭寧に取扱うのは、つまり岡本家の機嫌を取るのと同じ事で、その岡本と吉川とは、兄弟同様に親しい間柄である以上、彼の未来は、お延を大事にすればするほど確かになって来る道理」と津田は考えていた。お延の後ろにいる岡本、そしてそのまた後ろに控えている吉川、津田の立場に関わる男たちを意識して、津田はお延を気遣っているのだという。

こうして津田の側から明かされている情報を繋ぎ合わせれば、津田は結婚後に変わったわけではないということが見えてくる。第一に、津田が変わった可能性があるとしたら、それは結婚後に起こったのではなく、お延との結婚前の段階、清子との関係の破綻を契機としたものである。第二に、それとは逆に、清子の変心が津田にとって不意打ちであったとしても、津田は自分自身の恋愛や結婚の相手を選ぶ際の態度を変えたわけではないともいえる。清子との関係でもお延との関係でも、津田は吉川夫人の意図を忖度して判断してきたのであって、自分の地位の安定を目的としている点では一貫した態度で過ごしてきたのである。吉川夫人にすらはっきり言わなかった津田の本音は、「事実彼はお延を愛してもいたし、またそんなに愛してもいなかった」というものだ。「愛」の有無は、津田にとって最重要な問題にはなっていない。お延と津田、双方の文脈を照らし合わせて浮かび上がってくるプロットをまとめれば、津田は結婚後に変わったわけではなく、津田という男との出会いに夢中になって喜び勇んで「恋愛結婚」したお延が、津田の本音を徐々に感じ取るようになったに過ぎないということになるだろう*9。

変わったのは、津田ではない。お延の認識である。「結婚前千里眼以上に彼の性質を見抜き得たとばかり考えていた彼女の自信は、結婚後今日に至るまでの間に、明らかな太陽に黒い斑点の出来るように、思い違い疳違の痕迹で、既に其所此所汚れていた」と説明されるように、お延は、自分自身についても変化を感じるに至っている。もう一度、繰り返そう。変わったのは津田ではなく、お延なのである。「愛の戦争」はお延の、お延による、お延のためのゲームである。『明暗』は「恋愛結婚」における理想と現実のずれを、それを信じたお延に突き付ける。

そして、お延は、簡単に「愛」を諦める女ではない。「誰でも構わない、自分のこうと思い込んだ人をあくまで愛する事によって、その人にあくまで自分を愛させなければやまない」という「意志」こそが、お延という女主人公の真骨頂である。事態を見誤っていたお延が、誤りに気が付いたのち、再度、修復的に「愛」を手に入れることを目的として、お延のゲームは展開していくことになる。

4 「結婚」における新旧の衝突

問題化された新旧の差異

「愛」は、女たちのゲームのテーマであり、『明暗』では、恋愛論と結婚論が喧しく交わされている。それを整理してみよう。前章で扱った「金」の問題に新旧の文脈があったように、「愛」にも新旧の文脈がある。自らの信条として「愛」への拘りを見せるのはお延だが、周囲の人々もそれぞれに多弁で、大きく新旧の二つの文脈に分けることができる。

はじめに同時代の状況を、確かめておこう。それは、たとえば以下のように語られている。

△家庭の問題　昔から、家庭のごた〳〵と云へば、いつでも嫁と姑の間の問題であつた。明治になつてからも、新旧思想の衝突と云ふやうな言葉が、よく繰返された。しかし、さういふ時代も、いつの間にか過ぎて行つた。今や、家庭の問題と云へば、十中の七八までは、夫婦間の問題で、あとの二三分が、老人対若い者の問題であると云つても、大した間違ひはなからう。何にしても、注意すべき変化である。

△夫の不品行　夫婦間の問題は、さま〴〵であつて、一概に云ふことは出来ぬが、男子の品行問題の如きは、その最も多きを占めて居るものであらう。夫の不品行に苦しんでゐる婦人の、実に少くないことは、本紙の「身の上相談」を見ても分る。不品行も夫の働きとし嫉妬せぬを

女の美徳とした時代に於ては、普通の事とされて居た。深刻なる矛盾が、今やあからさまに、女の眼に映ることになつて来た。しかも、一方に於て、多くの男子の婦人に対する心持には、なほ全く旧弊を脱し得ない点がある。これが問題の因つて起る源である。(「婦人と時勢」『よみうり婦人付録』、一九一四年五月三〇日)

旧い問題は嫁と姑問題、新しいのは夫婦の問題であると指摘されている。そのうえで、夫婦の問題の第一として、「男子の品行問題」が挙げられている。旧い「女の美徳」では「不品行も夫の働き」とされていたが、今の女性たちにとって「不品行」は大問題となる。ところが男性の側の認識は全く旧いままで、そこに問題が発生するというわけである。

『明暗』は、「愛」や「結婚」という問題についても、世代差を明瞭に書き分けている。男たちの家族ゲームと同様、女たちの家族ゲームにも新旧がある。最新式の津田夫婦に最も積極的に干渉するのは、旧世代のなかで最も力の強い吉川夫人である。すでに結婚している津田と清子との関係は、「男子の品行問題」の一例といえる。津田とお延、そして津田に「不品行」を促す吉川夫人の、それぞれの振る舞いのなかに、新旧問題の具体的なあり様が浮かび上がるだろう。後半のドラマは、吉川夫人の目論見によって動き出すことになる。

吉川夫人の旧派の論理

夫人は、お延のいないところで、津田を唆す。清子に未練があるのだから、なぜ自分と結婚しなかったのか会って聞け、そうして未練を晴らせと津田に言う。お延にとっては、大迷惑である。津田が自分自身を語った範囲では、清子が関と結婚したときの驚きや、その後も不可解な気持ちを抱えていることは語られているが、未練が述べられていたわけではない。津田の気持ちに、「未練」というレッテルを貼ったのは夫人である。しかし津田は、戸惑いつつも夫人の意向を受け容れ、清子の本意を確かめるべく温泉に出かけることになる。吉川夫人の意図を忖度して行動してきた津田にとって、それ以外の選択肢はないともいえる。

寝た子を起こすような夫人の企ては、まさに「不品行も夫の働きとし嫉妬せぬを女の美徳とした時代」の発想に他ならない。第1章で述べたように『明暗』にも、「不品行」を実践している人物は描かれている。お秀の夫の堀と清子の夫の関で、ともに性病を患っている（津田が痔を治療しにいって出会った二人である）。彼等の「放蕩」は、旧式な結婚における女の不幸の典型といえる。それと対照的に津田の場合は痔を患い、清子との関係もすでに終わっているところに、物語の主人公としての特異性を見出すことができるのだが、吉川夫人は、あえてそれをありきたりな型に押し込む。「男らしく」とか「夫らしく」とか、吉川夫人は頻りに「らしさ」を強調し、津田を内心失笑させる場面も描き込まれている。吉川夫人は、夫の「不品行」が批判の対象になるようになった時代に、旧弊で陳腐なドラマを再燃させる人物といえる。

津田を旧式の型に押しやる一方で、夫人はお延を「教育」しようと企てる。津田は、清子との過去をお延に隠しておくことが「夫人の意志」だと考えてきたが、「夫人はどう考えてもお延にそれを気どっていてもらいたいらしかった」と気付いて、驚いている。夫人は、「まあ見ていらっしゃい、私がお延さんをもっと奥さんらしい奥さんにきっと育て上げて見せるから」という。お延に、夫の「放蕩」という「奥さんらしい」経験をさせねばならないというわけである。津田の過去を蒸し返す吉川夫人は、結婚と恋愛を直結することに全く意味を見出していない。むしろ、積極的にその繋がりを切断することで、「奥さんらし」さを身に付けさせようとするのである。夫人は、強い意志を持って、新しい時代に生まれてきた「恋愛結婚」の芽を刈り取ろうとする。

夫人のお延に対する批判は、あからさまである。

あの方は少し己惚れ過ぎてる所があるのよ。それから内側と外側がまだ一致しないのね。上部は大変鄭寧で、お腹の中は確かりし過ぎる位確かりしているんだから。それに利巧だから外へは出さないけれども、あれでなかなか慢気が多いのよ。だからそんなものを皆んな取っちまわなくっちゃ……（百四十二）

これも第1章で説明したが、内側と外側が一致しないということの指摘は、お延が「演じる妻」であることへの違和感といえる。演じるという新しい家庭の主婦の振る舞いは、旧世代の吉川夫人の考える「奥さんらし」さとは合致しない。そもそも、お延を矯正しようという行為自体が、「嫁と姑の間の問題」そのものであり、決定的に旧い。先に引用した記事に示されていた「さういふ時代も、いつの間にか過ぎて行つた」という認識は、夫人にはないということだろう。旧世代の代表として、一筋の迷いもなく、「恋愛結婚」などという浮薄な夢を捨てさせようと企てるのである。

「恋愛結婚」は、吉川夫人だけでなく、旧世代には一様に評判がよくない。津田の叔父藤井が世話をしようとする小林の妹お金の結婚でも、津田と叔父夫婦との考え方がすれ違う。お金の結婚は、顔は知っていても口を利いたことのない相手との一種の見合い結婚である。津田は「それでよく結婚が成立するもんだな」と訝るが、藤井は「じゃどうすれば好いんだ。誰でもみんなお前が結婚した時のようにしなくっちゃいけないというのかね」と不機嫌気味に答える。藤井の叔母も、津田が、自分で相手を選んだことを「贅沢」と言う。

「見合い結婚」は、確かに当時の結婚の実態として最も一般的である。[10]「見合い」は「媒酌人」を立てて行われ、家族の承認を得ることを重視した制度である。ただし、普及したのは近代に入ってからである。西洋の個人主義的な「自由結婚」を直接導入することには抵抗しつつ、当人の意志を無視した前近代的な「強制結婚」を改良するために、当人の選択の組み入れが可能な「媒酌人」を立てる結婚が、規範的な結婚形態として選ばれていった。[11]

「見合い」や「媒酌結婚」は、「自由結婚」と「強制家婚」という二つの極の間で、グラデーションをなしている。『明暗』のなかの若い世代の結婚には、こうしたグラデーションが見出される。お延のほかに、津田の妹お秀、小林の妹お金、そしてお延の従妹の継子、四人の女性の結婚が出てくるが、少しずつ異なって描かれている。最も旧式なのは、器量好みでもらわれたというお秀の結婚である。結婚後の夫の放蕩も含めて、樋口一葉の『十三夜』の時代から物語化されてきたタイプの結婚である。次に旧いのは、お金のケースである。藤井の叔父と叔母の世話で決まりかけているところであるが、本人の意思が尊重されているようには見えないし、婚前の交際もほとんどない。一方、継子のケースでは、見合いの場面が、たっぷりと語られていた。履歴を確かめ、人物についても事前によく確認し、当人が見出した相手ではないとしても、婚前に互いを知る時間が用意されている。本人の意志も尊重しつつ、家族主義に抵触しない結婚である。[*12] そして、最新式が、お延の「恋愛結婚」である。

お秀との対決

若い世代の「愛」についての考え方は、旧世代とは違う。継子は、裕福に育てられて控えめな気質でありつつも、自分で結婚相手を選んだお延に憧れている。津田と彼女との間に起こった「相思の恋愛事件」は、「あたかも神秘の焔の如く、継子の前に燃え上った」と語られており、お延の言葉は継子にとって「永久の真理」となっている。継子は、お延の最強の支持者である。

一方、旧式な結婚をして、若い世代でありながらも吉川夫人と気脈を通じ合う関係にあるのは、お秀である。お秀はお延に対して批判的な目を向けているが、とはいえやはり若い世代らしく「愛」に対しては能弁である。お延は、津田の秘密を聞き出したいと考えてお秀を訪ねるのだが、このときのお秀とお延の直接対決は、女性を描く『明暗』のなかの、読みどころになっている。

そもそもお秀は、叔父との関係が近いという特徴を持つ点で、お延と対照的に描かれた人物である。しかしながら、お秀は、藤井の叔父の影響で「自分より書物に重きを置くようになった」挙げ句、「折々柄にもない議論を主張するような弊に陥った」と描写されている。お延が「第二の天性」というほどに、言葉の使い方を自分自身のものにしていたのと違い、お秀の議論は「空論」のまま自分に引き寄せられることがないという。この対照的に配置された二人が、「愛」をめぐって、完全に衝突する。

お秀は、「雑誌に発表された諸家の恋愛観[*13]」を読んで、「ただ漫然として空裏に飛揚する愛」を語り出す。旧式な結婚をしたお秀であるが、「愛」が理想として語られていることは学んでいるのである。お秀が読んだ雑誌を特定することはできないが、このころ「愛」という言葉は流行していた。大正期の「身の上相談」について調査した早川紀代は、理想の家庭や結婚について述べる相談に、『愛』が噴出し、『愛のある夫婦』、『愛のある家庭』が青年男女の理想であったことは確かである」と指摘する。[*14]同時代の文脈を考えれば、根拠も定義も不明な「愛」という言葉を振り回すことは、決して珍しいことではなかっただろう。ただ、お秀の語る「愛」は「風船玉のようなお秀の話」ともいわれる空疎なものではある。しかも「器量望みで貰われた」お秀は、「猛烈に愛した経験も、生一本に愛された記憶も有たない」。それゆえ、「実際に愛を体得する上において、お秀はとてもお延の敵でなかった」という。

お延は、「風船玉」を現実の問題へと、引き下ろす。

そういわれると、何といっていいか解らなくなるわね、あたしなんか。津田に愛されているんだか、愛されていないんだか、自分じゃまるで夢中でいるんですもの。(百二十七)

この一言は、お秀を驚かす。お秀は、「津田がお延を愛しているかいないかが今頃どうして問題になるのだろう。しかもそれが細君自身の口から出るとは何事だろう」と考える。お秀にとって、自分が夫に「愛」されているかどうかは問題にならず、ましてや話題にすべきことではないのである。しかも、お秀からすれば、お延は津田に十分に甘やかされている。「まだその上に愛されて見たいの」「まだ何か不足があるの」と、お秀はお延の指に光る指輪に「鋭どい一瞥」を走らせる。

一方のお延は、恋愛論を交わしたいわけではなく、津田の「愛」に関わる情報を引き出すことが目的なので、抽象的な議論から現実に向かって、一手詰め寄り「一体一人の男が、一人以上の女を同時に愛する事が出来るものでしょうか」と問いかける。お秀は、またしても驚くとともに、「そりゃちょっと解らないわ」と正直に答える。お延は焦れて、具体的な内容を聞き出すべく、「その事ならあたしだって疾うから知ってるわ」「吉川の奥さんからも伺った事があるのよ」「どうしても秀子さんから詳しい話しを聴かして頂かないと」と鎌をかける。「あら何を」「だから兄の何よ」「いえったって、見当が付かない」と問を跳ね返すお秀に、お延は戦略を変えて、自分が悪いのなら謝るから「どうぞ隠さずに正直にして下さい」「みんな打ち明けて下さい」と懇願するのだが、お秀は顔を赤くしたり青白くしたりしながらも、しらを切り通す。ついにお延は、「正直のいいっ競よ。なんぼ秀子さんだって、気の多い人が好きな訳はないでしょう」という。この後の二人のやりとりは、そのまま引用しよう。

「そりゃどうだか知らないけれども、あなた以外の女を女と思わないで、あなただけを世の中に存在するたった一人の女だと思うなんて事は、理性に訴えて出来るはずがないでしょう」

お秀はとうとうあなたという字に点火した。お延は一向構わなかった。

「理性はどうでも、感情の上で、あたしだけをたった一人の女と思っていてくれれば、それでいいんです」

「あなただけを女と思えと仰しゃるのね。そりゃ解るわ。けれども外の女を女と思っちゃいけないとなるとまるで自殺と同じ事よ。もし外の女を女と思わずにいられる位な夫なら、肝心のあなただって、やッぱり女とは思わないでしょう。自分の宅の庭に咲いた花だけが本当の花で、世間にあるのは花じゃない枯草だというのと同じ事ですもの」

「枯草でいいと思いますわ」

「あなたにはいいでしょう。けれども男には枯草でないんだから仕方がありませんわ。それよりか好きな女が世の中にいくらでもあるうちで、あなたが一番好かれている方が、嫂さんに取ってもかえって満足じゃありませんか。それが本当に愛されているという意味なんですもの」

「あたしはどうしても絶対に愛されて見たいの。比較なんか始めから嫌いなんだから」

お秀の顔に軽蔑の色が現われた。(百三十)

議論はこれで打ち切りとなる。自分一人だけを愛してもらいたいというお延と、比較で結構ではないかというお秀。お延の「愛」への拘りは、お秀の前で空転してしまう。二人の間の溝は深い。お秀にとって、すでに結婚して正妻の場に落ち着いているのであれば、夫に他の関係する女性が複数いたとしても、問題にはならない。一方のお延は、「夫の不品行」を許さない新しい文脈に属している。「絶対に愛されて見たい」というお延の欲望は、お秀には理解できないものだった。

5 「愛」する女、お延

お延と「主婦」

さて、ここまでお延の新しさを確認してきたが、より丁寧に考えなければならないのは、その新しさの内実である。注意しなければならないのは、大正における女性の生き方を考えるとき、新しさには、二通りの文脈があるということだ。一つは、中産階級的な新しい良妻賢母、主婦としての新しさである。ここまで主として説明してきたのは、この新しさである。しかし、忘れてならないのは、この新しい主婦のあり方を逸脱する、よりラディカルな新しい女たちも誕生していたということだ。『青鞜』を中心に展開した「新しい女」である。二つの新しさに照らし合わせたとき、お延の新しさは、どのようなものとして捉えることができるだろうか。

まずは、新しい家庭の主婦として、考えてみよう。ここで、お延の特質として浮かび上がるのは、お延の関心が「愛」に一極集中しているということである。家庭の主婦には、料理・洗濯・炊事といった家事や家計の管理あるいは家族の衛生管理、そして育児といった家庭領域におけるさまざまな仕事があるが、お延はそれらに全く関心を示していない。たとえば、金のことばかり気にしている津田とは対照的に「お延は金の事などをまるで苦にしていないらしく見えた」とあり、子供についても一度も話題に上らない。津田が病の手術をする際は、「厭ね、切るなんて、怖くって。今までのようにそっとして置いたって宜かないの」という気楽な感想を述べ、手術の予定日が芝居観賞の日と重なるのではないかという懸念の方に気を取られている。手術の準備として「麺麭」や「牛酪」を用意するのは津田自身で、お延は動かず、女中のお時に指示を出すことすらしない。

『明暗』の、他の女性登場人物たち、つまり旧い文脈に生きている叔母たちは家事をしながら登場し、もちろん良妻賢母という規範に忠実に描かれている。藤井の叔母は夫の稼ぎが少ないために家計のやりくりにも苦労している。お秀には子供がおり、加えて舅姑や「親類の厄介者」の面倒もみている長男の嫁である。それでは、『明暗』ではお延以外に登場しない新しい家庭の主婦たちが、家事や育児や家計に関心を払わなかったのかといえば、いうまでもなくそうではない。たとえば、大正期に発刊されて多くの女性読者を得、主婦の文化をつくり出した『主婦の友』の記事をみれば明らかである。読者は「有益」であることを雑誌に求めていたのであり、*15 家計や家事など、主婦の関心事は変わりはしない。

こうした女性たちの生活と比べてみるとき、お延は全く異質である。新しい主婦であっても、良妻賢母という同時代の文脈を考えれば、「家庭」の主婦の関心事として一般的に想定される家庭領域の諸事がすっぽりと欠落しているのは、きわめて特徴的なことといってよいだろう。*16 第1章で演じる主婦というお延の性質に注目したが、しかしながら、その演出が「愛」に集中しきっているということは、同時代の一般的な新しい主婦との明らかな差異となっているのである。

お延と「新しい女」

それでは、主婦としての新しさからはみ出して「愛」に集中するお延は、もう一つの新しい女性たちである「新しい女」とは、重なるだろうか。

この点について考えるのに、興味深い漱石のエピソードがある。先に引用したお秀とお延が正面から衝突するハイライトシーンには、実は漱石自身の経験が組み込まれている。漱石は、『明暗』を書いている一九一六年、「我一人の為の愛か」と題されたメモ（断片）を残している。


「私はそんな気の多い人は嫌です。自分一人を愛して呉れる人でなくつては」

「外の人は全く愛せずに自分丈に愛の量を集めやうといふのですね」

「さうです」

「すると其男に取つて貴女以外の女は丸で女でなくなるのですな」

「えゝ」

「何うしてそれが出来ます」

「完全の愛はそんなさうでせう。其所迄行かなくつちや本当の愛を感ずる訳に行かないぢやありませんか」

「然し考へて御覧なさい。あなた以外の女を女と思はないで、あなた丈を女と思ふといふ事は理性でも悟性でもに訴へて出来る事でせうか」

「感情の上では出来る筈ぢやありませんか」

「然しあなた丈を女と思ふといふと解し得られる様ですが外の女を女と思ふなといふと想像が出来なくなるやうです。何故といふと若し外の女を女と思はないで済むなら肝心の貴女をさへ女と思へる筈がないからです。自分の家の花丈が花で外の家の花は花ぢやない枯草だといふのと同じだから」

「枯草でいゝぢやありませんか」

「枯草つていふ訳がないんですから。夫よりか好きな女も嫌な女もあり、其好きな女にも嫌な所があつて、其興味を有つてゐる凡ての女の中で一番あなたが好きだと云はれてこそ貴女は本当に愛されてゐるんぢやありませんか。絶対ぢやない比較的で沢山だ」[*17]

この会話は当時、津田清楓の細君だった山脇敏子と漱石との対話の要点を記録したものであるという。[*18]お延の台詞は敏子の言葉で、一方のお秀の台詞はもともと漱石が語った言葉ということになる。旧い世代の吉川夫人に近いお秀は、この場面では漱石の分身となっているわけである。対話相手の山脇敏子は、いずれ青楓と離婚し山脇美術専門学校を創設することになる、新しい時代の女性である。お延の言葉は、漱石自身が浴びた新しい女の言葉をそのままに写し取ったものであった。お延に向けられたお秀の非難の目が、漱石自身のものと同質だったかどうかは不明だが、山脇敏子とのすれ違いの際に感じた驚きがここに組み込まれていることは間違いないだろう。お秀との衝突は、周囲に受け容れられないお延のあり様、その新しさを際立たせていく。最も新しいお延は、登場人物のなかで孤立し、そして漱石にとっても他者性が顕著な、孤軍奮闘する女主人公なのである。

それでは、お延を、同時代の「新しい女」の一人として理解することはできるだろうか。「愛の戦争」を語る同時代の例といえば、『明暗』の前年に発表された岩野清の『愛の争闘』[*19]がある。岩野清は、『青鞜』にも関わった「新しい女」の一人である。『愛の争闘』を参照して「新しい女」の側からお延について考えてみよう。

『愛の争闘』は三つの日記で構成されており、性と愛の対立についての清の思考が語られている。岩野清は、「利那々々に衝動する愛では、私は物足りない」（明四三・一・二八）、「私の恋は霊に重きを置く。君の恋は肉の満足に重きを置く。」（明四三・五・二二）と説明する。泡鳴の愛を利那的で衝動的な「肉に対する執着の愛」（明四三・四・九）として定義し、その一方で自分の考える愛についてさまざまに語っている。「少なくとも永遠性のもの」「純一無二のもの」（明四三・二・一九）、「理智の伴つた」「尊敬の籠つた」「人としての価値を認めてゐる」（明四三・四・九）ものが彼女の考える愛である。あるいは、「霊の愛の充実」「温かい同情」「慰謝」（明四四・二・一二）という表現もみえる。泡鳴との「争闘」に霊と肉という枠組みが適用されるとき、性欲との二項対立のなかで、愛の定義は明瞭になる。性や肉欲とは異なるものが、純粋な愛として規定されるからだ。この時期、性は、愛を定義付ける際の重要な要素となっており、愛が十全に機能しないとき、性はその最大の障害として問題化される。より通俗的には「男の不品行」問題でもあった「性」をめぐるジェンダー差は、「新しい女」に精神的な「愛」を理念として志向させることになった。

さてしかし、『明暗』のお延は性について全く語らない。そもそも津田は痔を患う男であって、性病にかかっている他の男たちとは違う。お秀の夫である堀など、「放蕩の酒で臓腑を洗濯されたような」趣味を持つと、はっきり記されており、「器量望み」の結婚は、その趣味の一つと解される。堀がお秀を肉欲の対象としかみていない可能性は非常に高い。しかし彼等と対照的に津田は放蕩しておらず、お延もまた、自身が肉欲の対象になっているか否かという「新しい女」が重要視した問題を参照することは、全くない。お秀や清子の問題としては語り込まれている性の問題が、お延については回避されているのである。お延と津田の関係は、男の貞操をめぐる問題系から明確にずらされ、それを抽象化した「新しい女」の思想からもずれていることになる。[*20]

お延の「愛」

つまり、お延は、若い世代の「主婦」からも「新しい女」からもずれているのである。

それではお延のいう「愛」とはどのようなものなのか。その輪郭をはっきりさせるべく一つ一つの表現を拾ってみると、「愛」の描写としては奇妙な点があることに気付かされる。

たとえば、岡本の叔父から貰った小切手を持参して津田の病室に向かった場面に、「夫の愛を買う」「もしくはそれを買い戻す」という表現がある。しかし、「買う」という言葉と結ばれた「愛」は、「愛」といえるのだろうか。津田についても「黄金の光りから愛その物が生れるとまで信ずる事の出来る」男だという描写がある。そこには先にも確認した津田の打算的な姿勢が示されているのだが、この津田とお延の愛は、どれほど違うのか。愛は金では買えないという陳腐なフレーズを持ち出すまでもなく、「買う」という文脈にふと滑り込みうるお延の「愛」は、「愛」といえるのだろうか。

また、お延は「凡ての噂のうちで、愚鈍という非難を」「火のように恐れ」ている女で、「知恵と徳とを殆んど同じように考え」「女として男に対する腕を有っていないと自白するのは、人間でありながら人間の用をなさないと自白する位の屈辱として、お延の自尊心を傷つけた」と描写されている。

この自尊心は、「愛」を、自らに対する評価に結び付ける。「恋愛結婚」をしたお延にとってそれは、女としてだけでなく、妻としての評価に直結するものとなる。お延は「他人の前に、何一つ不足のない夫を持った妻としての自分を示さなければならないとのみ考えている」という。しかしながら、立ち止まって考えてみれば、こうした自己承認のためにのみ必要とされる「愛」は、「愛」といえるのだろうか。お延にとって重要なのは、「愛」なのか、「体面」なのか。お延のゲームは、「夫の愛が自分の存在上、如何に必要であろうとも、頭を下げて憐みを乞うような見苦しい真似は出来ないという意地」と、「もし夫が自分の思う通り自分を愛さないならば、腕の力で自由にして見せるという堅い決心」によって進められてきたのだが、その「緊張」は「破裂するに極っていた」と語られている。「体面」にすり替えられた「愛」が成就することはないのである。

そして、より大きな問題は、お延には「愛」とは何かという問いが欠けているということだ。岩野清は、性と愛を対立させながら「愛」の定義について思考を深め、それと照らし合わせて目の前の泡鳴との恋愛について悩んだ。さらには、自分自身の泡鳴に対する感情が「愛」なのかどうかという、より根本的な問いに至っている。「私はこんな複雑な関係の中に投じる必要があるかしら。私がそれだけ岩野氏を愛してゐるかしら。此恋にそれだけの犠牲をはらふ価値があるかしら。岩野氏の愛がそれに相当するだけ真面目だらうか」(明四三・一・二五)と問い、「私には愛の対者がない」(明四四・二・二六)という認識から、ついに破局に至って「自分の恋にも、嘲笑者」(明四四・七・二八)という境地に達する。

しかしお延は、津田に対する感情を「愛」と名付けたまま、それがどのようなものなのかを考えることも、自分はこの男を本当に「愛」しているといえるのだろうかという問いも抱きはしない。お延は、同時代に奮闘していた「新しい女」の一人ではないのである。

「愛」の根拠の消失

『明暗』のお延のゲームは、何をゴールとしているのだろう。良妻賢母的な主婦とも「新しい女」ともずれているお延の「恋愛結婚」は、どこに向かっていたのか。

第2章で論じたように、お延は変化している。はじめは、夫の非に目が向かっていた。「良人というものは、ただ妻の情愛を吸い込むためにのみ生存する海綿に過ぎないのだろうか」と、お延は苛立っている。妻と夫の間で、家庭に注ぐエネルギーに差があるというのは、ジェンダー化した役割分担のある近代家族では、珍しいことではない。その意味で、この時点でのお延の不満は、一般的なものである。「お延は今の津田に満足してはいなかった」というような不満は、既婚者の多くが経験する心情だろう。しかしこの一般的な不満は、徐々に自分だけの不安へと変化していく。もしかしたら自分は愛されていないのかもしれないという疑いへと繋がっていくのである。「愛する人が自分から離れて行こうとする毫釐の変化、もしくは前から離れていたのだという悲しい事実を、今になって、そろそろ認め始めたという心持の変化」は、他者と容易に共有できない、きわめて個人的なものである。ことに恋愛とは無関係の結婚をしている者には理解されない、恋愛結婚をした者だからこその悩みである。

お延が自分を振り返って見出した次の問いは、自分は津田を理解していたのだろうか、というものである。そう考えるのは、先に確認したように、「平たくいえば、同じ人が変った」と感じているからである。津田についての理解に誤りがあったことをお延は認識し始める。そして、しかしながら、彼女の問い直しは、ここで停止する。

津田を誤解していたという認識の先にあり得るのは、それでは現在の自分はその津田を愛しているのかという問いではないだろうか。合理的に問いを進めれば、自分が愛していた人柄がすでに失われているのだから、そう考えても不思議はないはずだ。実際、岩野清は、そのように問いを深めていった。しかし、お延は、自分が津田を愛しているということに決して疑いを持たない。自分はいったい誰を愛していたのかという問いも、自分は本当に彼を愛していたといえるのだろうかという問いも、あるいはもしかすると彼ではなく他の誰か、たとえば自分を愛していたのではないかというような問いも持たない。「愛」とは何かという懐疑にも陥らない。愛していると思ってはいたものの、自分の勘違いが前提となっていたのであれば、いったい、その「愛」の根拠はどこにあるのか。前提が崩れてしまったのであれば、自分が「愛」と考えている感情が、そもそも「愛」といえるものだったのかどうか、疑われてもよいはずだ。根拠が失なわれたとき、それを前提につくり上げられていた感情が変質するということは、あり得る成り行きだと思うのだが、『明暗』ではそうならない。善人だと思っていた人が悪人だったと分かれば、信頼が失われ、逆に悪人だと思っていた人が善人であったら、好感が湧き上がる。それが、順当な成り行きではないだろうか。ところがお延は、結婚前の津田と現在の津田は別人だと感じているにもかかわらず、自分が津田を愛しているという点に関しては、疑おうとしないのである。

『明暗』の語り手は、お延とお秀を比較して、お秀には「猛烈に愛した経験も、生一本に愛された記憶も」ないというのだが、しかし、「猛烈に愛した経験」は、お延にあるのだろうか。ここまで確かめてきたように、お延の「愛」は、「金」や「体面」と絡み合っており、その「愛」は二人の関係を近付けるどころか、緊張を発生させている。そしてより強く疑われるのは、「生一本に愛された記憶」である。お秀はもちろん「愛された記憶」のない女として描かれているが、お延もまた、そうではないのか。津田は「黄金の光りから愛その物が生れるとまで信ずる事の出来る」男であり、「お延を愛してもいたし、またそんなに愛してもいなかった」とはっきり示されている。こうした態度で過ごしている男から向けられた感情を「生一本」の「愛」というのには、どうにも無理がある。

一方には、清子がいる。清子については、「有体にいうと、お延と結婚する前の津田は一人の女を愛していた」と明瞭に語られている。この「愛」がどのような状態を指しているのか、津田が自らの清子への「愛」について語る場面はないが、かつて彼女の眼に「信と平和の輝き」を見、「彼はその輝きを一人で専有する特権を有って生れて来たような気がした。自分があればこそこの眼も存在するのだとさえ思った」という。再開した際には、「あの時この人は、丁度こういう姿勢で、こういう林檎を剝いてくれたんだっけ」「ああこの眼だっけ」という懐かしさに満たされる様子が、詳細に描写されている。ところが、津田がお延のどこを愛しているのか、それについての説明は全くない。二人の馴れ初めは、お延を焦点として書かれていて、お延が、津田を好ましく感じた様子が具体的に描かれていたが、津田の方がお延にどのような印象を持ちどこを好んだのかについては全く語られていない。お延が、津田に「生一本に愛され」ているとは、やはり考えにくい。

このような男である津田を、何故お延が愛し続けているのか、『明暗』には一切説明がない。愛することにも愛されることにも根拠がないまま、お延は、それでも決意を深めていく。その変容は、第2章で確認した通りである。お延は「幸福そうに暮している二人」を、「今私にだけ解っている真相」だと言いきり、「秘密」をめぐって津田と直接対決した後、「正直」で「無邪気」な妻へと変容するのである。ゲームの行き先には、「何時か一度このお肚の中に有ってる勇気を、外へ出さなくっちゃならない日が来る」という予言もある。お延は、前提が崩れても、根拠がなくても、自らの「愛」を疑わないことで、次へと進んでいくのである。

空白の中心としての「愛」

お延の特異性を、次のようにまとめることができるだろう。お延は、「愛」に集中しきっている点で新しいのだが、その「愛」の定義も内実も、実ははっきりしない。夫を愛しているという一点を固守しているが、そこには、奥行きの見えない空白がしつらえられている。だからこそ、「愛」は空白の中心として機能し続け、未完でありながら、漱石の作品のなかでは最も長い物語となっているのである。

『明暗』は「戦争」として「愛」を描く。争いは、きわめて濃密な関係をつくり出す。他者の境界を安定させず、関係の変更に力を注ぎ続けることになるからだ。そうして、根拠も不明なままに始まってしまった関係のなかで、濃度だけが増していく事態が、続いていくのである。目的に掲げられた「愛」の中味は、確かめてきたように空白である。つまり、実は行き先が空白なままに、しかも変質してしまった関係を生きることこそが、書かれようとしていたということになる。

ここで思い出すべきなのは、『明暗』は「恋愛」ではなく「恋愛結婚」を語る物語であったということである。お延が生きているゲームとして、「愛」について考えてきたが、重要なのは、お延が既に「恋愛」のその先にある「結婚」という時間に入っているということである。「結婚」には、容易に終止符を打つことができない。「愛」を得ることではなく、「愛」と名付けられた関係の継続こそが、重要な目的になる。

かつて『虞美人草』で「恋愛」を葬った漱石が『明暗』で試みようとしていることは、「恋愛」の中味を埋めることではなかった。もちろん「恋愛結婚」の中味を埋めることでもない。「恋愛」は内実のない虚構でありながら、他者と自己に対する欲望を強烈に喚起する装置である。お延の「愛」の物語は、決して「愛」に辿り着くことのない物語である。それゆえ、かつて『虞美人草』の藤尾が、憤死することで自らのプライドを守ったのと違い、お延は「体面」のために生きてきた自らのあり方そのものを変えていくことになるだろう。お延は、先行きの見えない関係を生きていく女主人公だからである。

漱石は、当時の最も新しい結婚である「恋愛結婚」を実践したお延を描いたが、旧派とは異なる同時代的な新しさを示すとともに、その新しさからもずれて、「愛」の虚構性を浮かび上がらせる。そこには、自らの承認をめぐる欲望が注ぎ込まれる大きな空白がある。

今では、「恋愛結婚」はごく一般的なものとなり、どのような「結婚」をするのか、そもそも「結婚」するかどうかも、自己の選択に任されている。しかし、だからこそ、「結婚」をめぐる決断が、自らの選択の証となり、自己承認の契機に結び合わされていくという事態は、なくなるどころか強化されているのではないか。ロマンティックマリッジにおいて、「愛」は必須の要素となる。そしてそれが「結婚」である限り、ゲームを終了させないことこそが、目的となるのである。『明暗』のお延は、同時代の女性たちからは少しずつずれており、現実の大正には存在しなかった、漱石が創造した虚構の女性である。しかしむしろ、こんなはずではなかったという思いを抱えながらも「恋愛結婚」を継続している現代の女性たちに近い存在となっている。お延は、「恋愛結婚」のゲームを生き抜くパイオニアなのである。

＊1　石原千秋は、「漱石は、お延にそれまで男が抱いていた悩みを悩ませている。（略）漱石はお延を男として書いた」と指摘し、漱石作品における「ジェンダー・トラブルと言うべき「事件」」として読解している（「漱石のジェンダー・トラブル」『反転する漱石　増補新版』、XXページ）。本論では、津田とお延という二人の主人公からなるジェンダー・バイナリなプロットの構成を重視し、またお延のプロットにおいて「恋愛」ではない「恋愛結婚」を生きている点に漱石作品としての新しさを見出している。

＊2　厨川白村『近代の恋愛観』、七二ページ

＊3　『近代の恋愛観』、七一ページ

＊4　『近代の恋愛観』、二五ページ

＊5　精神的な恋愛至上主義に対して、田中王堂（「ロオマンス時代に於ける恋愛の意義と趨帰」『婦人公論』一九二二年一〇月）や米田庄太郎（『恋愛と人間愛』、弘文堂書房、一九二三）、森田正馬（『恋愛の心理』、日本精神医学会、一九二四）など、性欲を肯定し恋愛と結び付ける反論もなされ、性欲の組み入れは大正期の恋愛論の重要な論点となった。

＊6　北村透谷「厭世詩家と女性」

＊7　小宮豊隆宛書簡、一九〇七年七月一九日。三好行雄編『漱石書簡集』、一九六ページ

＊8　夏目漱石『文学論（上）』、一〇九ページ

＊9　津田の愛情が打算的なものであってお延との間に差異があることについては、田口律男「ストラテジーとしての「結婚」「明暗」論序説」、吉川仁子「夏目漱石「明暗」論　結婚の要件」など。

＊10　湯沢雍彦『データで読む家族問題』、九三ページ。一九四九年で全体のほぼ七割が見合いである。

＊11　阪井裕一郎「明治期「媒酌結婚」の制度化過程」

＊12　近年は、「友愛結婚」という概念を基盤とした研究も進んでいる。デビッド・ノッターは、大正期には配偶者選択が本人中心になり、その際「人格」「理解」「教養」が重要視されたことを指摘し（『純潔の近代　近代家族と親密性の比較社会学』）、桑原桃音は、「身の上相談」の分析から、家族の承認と本人の選択にともに配慮した「友愛結婚」的形態が現実に見合う理念として語られたことを指摘している（『大正期の結婚相談　家と恋愛にゆらぐ人びと』）。継子の見合いは、当時における最も理念的な形といえるだろう。

＊13　十川信介は、「注」（『定本　漱石全集』、七四〇ページ）にて、『婦女界』の特集「解決されたる恋愛問題」（一九一三年五月）や各誌の婦人問題特集号、『新小説』の特集「青春の、中年の女の恋」（一九一四年九月）、『新潮』の特集「岩野泡鳴夫妻の別居に対する文壇諸家の根本的批判」（一九一五年一〇月）などを例に挙げている。

＊14　早川紀代「一九一〇年代の両性の関係」、二四〇−二四一ページ

＊15　木村涼子『〈主婦〉の誕生　婦人雑誌と女性たちの近代』、八四−九三ページ

＊16　お延を主婦の一人として読み、それゆえ「愛」を実践できないという議論があるが（池上玲子「女の「愛」と主体化『明暗』論」）、お延は、さらに近代的な主婦からもずれているところが、重要だと思われる。

＊17　「断片71B」『定本　漱石全集』第二十巻、五四〇ページ

＊18　小宮豊隆「明暗の材料」、一四二ページ

＊19　岩野清『愛の争闘』には、清が泡鳴と同居を始めた一九〇九年一二月九日から、二人が別居する一九一一年八月九日までが記されている。

＊20　田中亜以子は、恋愛に「自己」への希求を読み取り、『青鞜』の新しい女たちが「恋愛至上主義」を唱えたこと、その実現の難しさが「母性中心主義」への展開に繋がったと指摘している（『男たち／女たちの恋愛　近代日本の「自己」とジェンダー』）。

第5章

七つの三角形

漱石は、男・男・女からなる、三角形の関係性に強い拘りを持った作家であった。
『坊っちゃん』、『虞美人草』、『三四郎』、『それから』、『門』、
『彼岸過迄』、『行人』、そしその完成形としての『こころ』など、
ほぼすべての長編が三角関係の物語になっている。
『明暗』においては、男・男・女にこだわらず、様々な構成の三角形が
次々と現れ、家族ゲームのありさまを変容させていく。
今日でも、漱石の時代に構築された近代家族の役割や規範が
維持されている部分もあるものの、
かなり大きな部分が、変化し組み換えられている。
明日の見えない時代の、私たちの家族ゲームはどこに向かうのだろうか。

1　漱石的三角形

漱石的三角形とは

第3章と第4章では、津田とお延がそれぞれのジェンダーに則って参加する家族ゲームとして、「財力」と「愛」に関わる闘争を読んできたが、最後に、登場人物の関係性、その配置に目を向けてみたい。登場人物の配置は、個々のエピソードを組み合わせていくための枠組みでもある。人物配置は物語を抽象化するものなので、ディテールの異なる物語の類似性を浮かび上がらせ、またあるいは、そこからの逸脱性や特殊性を見出すことができるだろう。『明暗』の人物配置に注目することで、漱石作品の系譜における『明暗』の特殊性と新しさについて、説明してみたい。

さて、『明暗』という作品の人物配置の特殊性を説明するために注目したいのは、三角関係の描かれ方である。というのも、漱石が書いてきた長編小説は、ほぼすべてが三角関係の物語になっているからだ。

確認してみよう。『坊つちゃん』のマドンナとうらなりと赤シャツ、『虞美人草』の藤尾と小野と宗近、『三四郎』の美禰子と三四郎と野々宮、『それから』では三千代と代助と平岡。『門』でお米と宗助と安井、『彼岸過迄』で千代子と須永と高木、『行人』では直と一郎と二郎。そしてその頂点あるいは完成形ともいえるのが、『こころ』である。『こころ』には「下　先生の遺書」における静と先生とKの三角形と、「上　先生と私」における先生と語り手でもある青年「私」と奥さん（静）の三角形が、二重に重ねられている。夏目漱石という作家は、同じテーマ、同じ人間関係を繰り返し書いた。男と男と女からなる三角形の関係をシチュエーションを少しずつ変えながら、何度も何度も書いたのだった。三角形は、なぜこれほど繰り返し書かれたのだろうか。

三角形の読み方には、よく知られた定理がある。ルネ・ジラールが論じた「《三角形的》欲望」である。ジラールは、人が何かを欲望するとき、その具体的な対象との二者関係のなかで欲望を持つのではなく、その対象に向けられた他者の欲望を模倣しているのだと論じた。つまり、「自分たちの欲望を他者から借用している」[*1]というわけである。人の持っているものが欲しくなるという、我々にも馴染みの深い構図である。三角関係は、個人的なものにみえる欲望が、実は他者との関係性のなかから生まれていることを物語る。男と男と女の三角形を考えてみよう。二組の男と女の関係は、それぞれが独立したものにはならない。そこには、男二人の間に欲望を模倣する関係があり、男と男の闘争が生じるのである。女は、二人の男の関係を生み出す第三項の場所に置かれる。三角関係は、二人の人間を一つの土俵に上げ、直接的にゲームを発生させる装置といえるのである。

漱石作品のなかで、最も鮮明にこの模倣的な欲望を物語化した作品は『こころ』である。『こころ』は、上中下の三つの章で構成されているが、上と中は明治末期、下は過去に戻って明治中期を舞台としており、大きく分けて二つの物語が組み合わされている。「上」では、ある青年が、謎を秘めた男に出会う。青年は、彼を「先生」と呼んで慕うと同時に、先生が隠している過去の物語を知りたいと強く願うようになる。しかし、先生はそれを明かしてはくれない。「中」に進むと、青年の父が危篤となり、青年は東京の先生から離れ、実家に戻るのだが、その実家に先生から長い遺書が届く。青年は、瀕死の実父を置いて、東京へと飛び出していく。「下」は、青年が受け取った先生の遺書である。種明かし的に先生の過去の秘密が告白されていく。語られるのは、若いころの先生と友人K、そして先生の妻となった下宿のお嬢さんとの関係である。先生は、両親を早くに亡くし、親の残した財産を持つ身寄りのない青年であった。先生は、下宿していた家の娘である静が接近してくるように感じて最初は警戒していたのだが、最も尊敬できる友人であるKを同じ下宿に住むように誘ったことで状況が変化する。Kは宗教的に生きることを目指し欲望を捨てて生きてきた男であったのだが、静に特別な思いを抱くようになる。Kは自らの信条の揺らぎに苦しみ、その気持ちを先生に打ち明ける。このKの告白が契機となって、先生は静に対する自身の欲望を高め、Kを出し抜いて結婚を申し込むという行為に及ぶ。先生のKに対する心の動きは、完全にKの静に対する欲望を模倣したものとなっているうえに、明らかに闘争的である。

私は丁度他流試合でもする人のようにKを注意して見ていたのです。私は、私の眼、私の心、私の身体、すべて私という名の付くものを五分の隙間もないように用意して、Kに向ったのです。罪のないKは穴だらけというよりむしろ明け放しと評するのが適当な位に無用心でした。私は彼自身の手から、彼の保管している要塞の地図を受取って、彼の眼の前でゆっくりそれを眺める事が出来たも同じでした。(下四十一)

「下」の部分は、多くの高校の教科書に掲載されてきた。友情をとるか恋愛をとるかという問いが立てられがちなのだが、この問いの立て方は適当ではない。そこに描かれているのは、友情ではなく闘争である。恋愛は男二人の闘争を具体的に引き起こすものであり、友情と対立するものにはなっていない。友情か恋愛かという物語であれば、先生がKとの友情関係を優先するか、それとも静との恋愛関係を優先するかという二択になるが、Kもまた静に恋愛感情を抱いており、先生の両側に二人が別々に置かれているわけではない。先生とKは静を第三項に置いた恋のライバルなのであり、ここには三角形が組み上がっているのである。そしてだからこそ先生とKの関係は、このうえもなく濃密なものとなる。

この三角形の原型は、フロイトのエディプスの三角形である。[*2] フロイトは男の子が大人になる過程を、ギリシャ神話のエディプスの物語に準えた。エディプスは、(そうとは知らぬ間に)父を殺し、父の代わりに王となり、母の夫となる。フロイトはそこに、息子が大人になろうとする過程の原形的物語を読み込んだ。息子は、手本となる父を超えるべく、父が所有するものを欲望し、父との闘いに勝利することで、自らが新たな父となる。男の子の成長の過程として、広く知られた図式である。『こころ』は、その図式を典型的に辿った小説となっている。実父を亡くしている先生には、超えるべき、模倣の対象となる擬似的な父が必要となる。そして最も尊敬する友人Kが、擬似的な父として、その三角形のなかに引き込まれたのだった。先生と静が結婚すると知ったKは自殺し、先生は悔いを抱えてその後の人生を生きることになるのだが、先生はそのようにしてKを倒すことによって、大人になり得たのである。

また、『こころ』の前半の物語にも三角形が設けられている。そこでは、先生が、語り手「私」にとって擬似的な父となる。「私」は、病で死に瀕している実父を置いて、先生の元に戻ろうとした。つまり、青年にとって、先生は、実父に代わる存在となっているわけだ。青年は先生の欲望するものを、模倣的に欲望する。第三項となるのは、先生が一人で抱え込んでいるKとの過去の物語、秘密である。それゆえ、先生が青年に秘密を与えるとき、先生は死なねばならない。青年はこの父殺しを経て大人になるのである。さらに、この図式からは、静を第三項において、先生との欲望の三角関係のなかで、青年が奥さんとなっている静との距離を縮めていく過程を読み込むことも可能である。『こころ』のこうした構造は一九八〇年代後半に指摘されたのだが、当時は、青年の先生に対する裏切りなど受け入れられないとする論者からの強い反論もあり、近代文学の研究史では『こころ論争』と名付けられている。[*3]『こころ』の前半は、先生が長く秘めてきた自らの過去を青年にだけ語って死んでいくという物語であり、後半は、友人を死に至らしめてしまった先生が生涯それを悔いるという物語なので、青年と先生の間に結ばれた熱い繋がりや、先生のKに対する深い後悔に感動してきた読者にとっては、息子による父殺しという三角形の構図を読み込むことは、許容できるものではなかったということだろう。しかし、後半の先生とKの物語は、静をはさんで、あまりにも明瞭に模倣的三角形を構成しているし、また前半の物語についても、静と青年が結ばれたかどうかは直接には書かれていないのでそこまで読み込むのは控えるとしても、青年が模倣的に欲望した第三項を先生の秘密と読めば、やはりこれは父と息子の物語だといってよい。青年は先生の過去の物語を知ることを執拗に欲し、最後に先生は、それを遺書の形で青年に与える。青年は、先生が胸の奥に抱え込んでいるものを、先生がそれを大切にしているからこそ模倣的に欲望し、青年がそれを手にするとき先生は死ぬ。女ではなく、秘密を欲望の対象となる第三項として、父と息子の物語が悲劇的な美しさを帯びて展開しているといえるのである。

三角形のホモソーシャリティ

さてさらに、このジラールの議論を発展させて論じたものとして、イヴ・コソフスキー・セジウィックによる三角形の理論がある。セジウィックの理論は、漱石が描く三角形を読み解くとき、より重要である。*4 セジウィックは、男と男と女からなる三角形を、男と男のホモソーシャルな関係を生み出す装置として読み解いた。ホモソーシャルというのは、ホモ・セクシュアル（同性愛）とは異なりながらも、非常に親密な男同士の関係を意味している。馴染み深い言葉でいえば「男社会」を説明する理論ともいえる。男たちは、互いをときにライバルとしてそしてときに同志として、緊密に、しかし性的な意味を排除して結び合う。セジウィックが指摘したのは、男と男と女の三角形において、男がもう一人の男の欲望を模倣して女を欲望するとき、そこには異性愛的関係が組み込まれているにもかかわらず、最も緊密なのは男同士の関係だということである。男が最も強い熱意を寄せる存在は、恋愛の対象である女ではなく、ライバルとなるもう一人の男なのである。

『こころ』はこうした三角形の構造を見事に体現した小説である。先生は静を手に入れるが、Kの死後、残りの人生のすべてを、Kと自分について考えることで生きることになる。先生は、Kの死の理由について、静には何も知らせていない。青年に宛てた遺書にも、静を汚したくないので今後も決して過去の出来事の詳細を静に伝えないようにと念が押されている。汚したくないという言葉は静に対する美しい思いやりのようにも聞こえるが、静は、夫である先生が何かを抱えていることを感じており、自らが蚊帳の外に置かれていることを知っている。静は、先生の秘密を知ることを許されず、それゆえ先生と自分との関係の間に挟まった何かを取り除くことが出来ないことに、苦しみ続けてきた。一方で先生は、そうして静を排除することで、誰にも語らぬ心の最も深いところにKを置き、Kを見つめて生きてきたのである。異性愛関係では代替できない、深い親密性が先生とKの間にはある。セジウィックが読んだ三角形は、表向きは異性愛の形をとりながらも、実は男と男が関係を深める装置である。ただし異性愛にも、重要な機能がある。異性愛は、男と男が、ホモソーシャルなだけでなく、性的欲望を帯びたホモセクシュアルな関係となることを回避するための仕掛けになるからだ。ホモソーシャルな世界は、異性愛を組み込みながら、女性を蚊帳の外におくという意味で女性嫌悪的であり、ホモセクシュアルを排除するという点で、ホモフォビック（同性愛恐怖）な性質を帯びている。

　漱石は『こころ』に至るまで、こうした三角形を繰り返し描き続けてきた。三角形の二つの項になることで、男たちは生き方そのものをめぐってぶつかりあう。どちらかの男が女を手に入れた後も、去った男は残された男の生涯にその影を深く落とし続ける。『こころ』の先生とKの関係は、静と先生の関係よりはるかに複雑で深い。そして二人の血の滴る秘密を受け継ぐのは「私」と名乗る青年であり、男たちの物語を男が受け継いでいくのである。『こころ』は、その長い試みの末に生み出された完成形である。

　第三項の位置には、青年と先生の物語がそうであったように、価値のある物や知や地位や金、とにかく一方の男が所有し欲望したものを組み込むことが可能である。漱石の「恋愛」への複雑な態度は前章で確認した通りである。漱石は、「恋愛」を語らなければならないという要請に応えながらも、そのなかに三角形を配することで、同時に「恋愛」とは異なる物語を語る方法を編み出したのだといえる。女を媒介にしつつ、見つめ合う男と男の物語。誰よりも深く互いの内に切り込み合い、すべてをかけてその相剋を生きる男同士。私的な情動や感性から、社会や文化の構造や歴史の変動まで、その対になる男たちの身体を通して語り込んだのである。漱石的三角形は、谷崎潤一郎「二人の芸術家の話」、佐藤春夫「指紋」、芥川龍之介「開化の殺人」、武者小路実篤「友情」など、大正期に繰り返し変奏されている。現在も、さまざまな時と場所で機能する、きわめて強力な原形的物語となった。

2　『明暗』の一つ目の三角形

漱石的三角形と『明暗』

さて、ここまでを前置きとして、『明暗』に戻ろう。三角形という構図を念頭に『明暗』を見直すと、実に興味深いことに、『明暗』には三角形が次々と出現していることに気付かされる。二組の二者関係を一つの構図に組み立てる三角形は、そこに競争や闘争を発生させる。それゆえ、ゲームを物語る『明暗』に三角形が仕込まれているのは当然ともいえるが、さらに重要なのは、それらの『明暗』の三角形が、『こころ』に結晶化するまで繰り返し書かれてきた三角形から、さまざまな方向にずれているということである。前章までで確認してきた『明暗』のゲームのルールを構成している強固なジェンダー構造は、三角形が変形し増殖するなかで、いろいろな方向へ揺さぶられている。三角形に注目することで、単にジェンダー構造を再生産するだけではない『明暗』の攪乱性を見出すことができるだろう。以下に、『明暗』で変形し増殖していく三角形を、拾い出してみよう。七つの三角形について述べたい。

まず第一の三角形として『こころ』的三角形に最も近い、男と男と女の三角形を確認していこう。一九一六年に漱石が残した断片に、次のようなものがある。

○二人して一人の女を思ふ。一人は消極、sad, noble, shy, religious. 一人はactive, social. 後者遂に女を得。前者女を得られて急に淋しさを強く感ずる。居たゝまれなくなる。life の meaning を疑ふ。遂に女を口説く。女（実は其人をひそかに愛してゐる事を発見して戦慄しながら）時期後れたるを諭す。男聴かず。生活の本当の意義を論ず。女は姦通か。自殺か。男を排斥するかの三方法を有つ。女自殺すると仮定す。男悯然として自殺せんとして能はず。僧になる。又還俗す。或所で彼女の夫と会す。[*5]

この構図は、これまでに漱石が書き続けてきたのと同型である。これに該当するのは、主人公の津田と、津田が結婚するつもりだった清子、そして清子の夫となった関からなる三角形である。女を手に入れられなかった前者の男が、今一度、女を口説くという展開であり、女が「其人をひそかに愛してゐる」という状況など、『明暗』というより『それから』を思い出させる。『それから』は、主人公代助と友人の平岡、そして平岡の妻である三千代の三人の関係を描いた物語である。代助と平岡は学生時代、三千代の兄と親しい関係にあり、平岡が三千代との結婚を望んだときに、代助は後押ししたのだった。ところが、数年ぶりに三千代と出会ったのち、自分は三千代を好きだったのだと、見えていなかった過去を発見する。三千代もまた代助への気持ちを口にする。三千代は病で死に近く、代助は三千代を手に入れるべくもがくことになる。メモは、この『それから』の物語に近似している。

とはいえ、こうしたメモが『明暗』が書かれていた時期にあらためて書かれていたということは、『それから』の代助が三千代を欲したように、津田が清子に何かを告げるという展開が用意されていたのだろうか。『明暗』の最終部分では、津田が、清子に会えという吉川夫人の提案を受け容れて、清子が一人で湯治をしているという湯河原の宿を訪ね、久しぶりに二人が対面する。そこで中断しているので、その後の展開は想像するより他はない。

ただし、津田は「sad」でも「shy」でもない自信家で、ましてや「noble」とか「religious」とかいう性質からはほど遠い、自らの損得しか考えない俗物として造形されている。メモのように津田が「生活の本当」を説くとか、「僧」になるとかいう展開は、どうにも考えにくい。また、「或所で彼女の夫と会す」のであれば、関とも再会することになるが、関の登場と「或所」の繋がりといえば、冒頭近くに、津田が痔の手術のために通っている病院で出会ったという回想が書かれていたことが思い出されるが、関が性病を患っていることが仄めかされているのみで、それ以上の情報は、『明暗』にはない。関の存在感はきわめて薄い。

つまり、津田－清子－関の三角形は、『明暗』では中心化してはいない。津田もお延という女性と結婚しており（ちなみに、代助は未婚である）、既に出来事は完了して次のステージに移っている。先から述べているように漱石がかつて書き続けた男－男－女の三角形は、『こころ』で完成形に至っている。漱石の読者にはお馴染みの三角形は、『明暗』の物語のスタート時点以前の過去の出来事に封印され、そのうえで、異なる三角形が増殖していくのである。

変質する三角形

では、新しい三角形とはどのようなものか。第二の三角形として、男－男－女からなる三角形の記憶が、変質して現在に浮かび上がってくるところに注目してみたい。津田が湯河原に向かい、徐々に山深くなっていくその道行きで、津田は夢の中にいるような状態に陥る。そして、「実は突然清子に背中を向けられたその刹那から、自分はもう既にこの夢のようなものに祟られているのだ。そうして今丁度その夢を追懸ようとしている途中なのだ」と、自分が過去から続く時間のなかにいるということを発見する。「顧みると過去から持ち越したこの一条の夢が、これから目的地へ着くと同時に、からりと覚めるのかしら」と自問する津田にとって、清子に向かう欲望は明瞭なものではない。吉川夫人に、未練があると言われたときにも、素直にはうなずかなかった津田である。また、「今までも夢、今も夢、これから先も夢、その夢を抱いてまた東京へ帰って行く。それが事件の結末にならないとも限らない。いや多分はそうなりそうだ」ともある。興味深いのは、次の一節である。「この感想は一度に来た。半分と掛からないうちに、これだけの順序と、段落と、論理と、空想を具えて、抱き合うように彼の頭の中を通過した」という。お延と離れて一人になり、何が待っているのか分からない状況のなかで、これまで持ったことのない「感想」が一気に浮かんでくる。ここには「夢」と形容される朦朧とした感覚が過去から現在まで継続するものだったという気付きがあるが、そのような気付きそのものが、これまでにはなかった輪郭で立ち上がってきたものというべきだろう。

今一度『それから』を振り返ってみれば、温泉でのエピソードに、『それから』に重なる印象深い場面がある。鏡を見る場面である。津田は、湯から上がって迷いながら部屋へ戻る廊下で、ふと鏡に突き当たる。

彼は眼鼻立の整った好男子であった。顔の肌理も男としては勿体ない位濃かに出来上っていた。彼は何時でも其所に自信を有っていた。鏡に対する結果としてはこの自信を確かめる場合ばかりが彼の記憶に残っていた。だから何時もと違った不満足な印象が鏡の中に現われた時に、彼は少し驚ろいた。これが自分だと認定する前に、これは自分の幽霊だという気が先ず彼の心を襲った。凄くなった彼には、抵抗力があった。彼は眼を大きくして、なおの事自分の姿を見詰めた。すぐ二足ばかり前へ出て鏡の前にある櫛を取上げた。それからわざと落付いて綺麗に自分の髪を分けた。（百七十五）

そもそも津田は、容姿の整った男で、鏡の中の自分に満足を覚えていたという。『それから』にも、代助が鏡に映る自分を見つめる印象的なシーンがある。「必要があれば、御白粉さえ付けかねぬほどに、肉体に誇を置く人」である代助は、自分の歯並びにも皮膚にも髪にも満足している。平岡に言わせれば、代助は「自分の顔を鏡で見る余裕がある」男であった。鏡は自分を承認する装置である。風呂の度に長く自分を見つめるという代助は、自分による承認によって完全に自足している男として登場し、他者による承認をほとんど必要としない。『それから』では、そのような男であった代助が、友人と結婚した三千代と再会し、過去へ誘う三千代の様子に引き出されて、これまで充足してきた自己の承認の枠組みからはずれ、はじめて見る〈過去の自分〉に出会う。そうして、もともと代助を代助たらしめていた平岡との差異が消え、三角形がつくられることになる。パンに生きる平岡と、それを否定していた代助との関係は、三千代を挟んだ三角形が構成されるにあたって変化し、平岡と代助を隔てていた差異が消えてゆくのである。過去の自分が変質するとき、当然未来の自分も変質する。それまで結んできた過去から現在そして未来へと繋がるはずだった物語は、過去が上書きされたことで、すべてにわたって変質する。代助は異なる物語のなかに移動するしかない。

それでは、『明暗』の津田はどうか。津田も未知の〈過去の自分〉に出会う。しかし、先に述べたように『明暗』では『それから』と違って、もう一人の男との関係が変わっていくようには読めない。関という男との関係の変化が起こるような伏線はどこにも見付けられず、『明暗』の男―男―女からなる三角形は、物語が始まる前の過去に閉じ込められていて、動き出しはしない。『三四郎』『それから』『行人』『こころ』、どの作品にも対になる二人の男が描かれていたが、それらに比して、関という男の存在はあまりにも薄い。

さてその代わりに『明暗』で濃厚になるのは、自分の鏡像、自分の幽霊に出会うという出来事である。鏡は、津田に別の自分を見せる装置になる。そして、津田が再会する清子もまた、彼女自身の内側には何もない、精度の高い鏡のような女性である。彼女は、自分に向けられた言葉に意味を加えることをしない。津田と再会した彼女は、含みの多い津田の問いかけに対して、淡々とすべてを平明にして返す。最初に廊下で出くわしたときに青ざめた理由を尋ねられれば、「心理作用なんて六ずかしいものは私にも解らないわ。ただ昨夕はああで、今朝はこうなの。それだけよ」という具合に、津田がそれ以上に言葉を重ねていくことすら難しいほどの単純さで向かい合う。津田が「いくら変だって偶然という事も世の中にはありますよ。そう貴女のように……」と言葉を継ごうとしても「だからもう変じゃないのよ。訳さえ伺えば、何でも当り前になっちまうのね」と、出来事の意味をきわめて平面的で表面的なものにとどめてしまう。この特徴的に反応の浅い清子は、津田の欲望をそのままに津田に反射させる。津田は清子という鏡に映る自分を見ることになるばかりである。

また温泉宿での清子との再会の瞬間が語られるとき、語りの時間に一瞬の狂いが生じていることも、見落とすべきではないだろう。

> 階上の板の間まで来て其所でぴたりと留まった時の彼女は、津田に取って一種の絵であった。彼は忘れる事の出来ない印象の一つとして、それを後々まで自分の心に伝えた。（百七十六）

再会の瞬間は、津田にとっても突然であったが、清子にとっては想定もしないことで、清子は青ざめ立ち尽くす。その様子が、「後々まで自分の心に伝えた」とあるように、物語の現在を離れてその先の時点から思い起こされることとして、描かれている。このようにして、物語の先の時間が示されているのは、この箇所のみである。視覚的に枠取られた清子の姿は、時間の継起的な流れから切断されて、保存される。この場面で、津田と清子は実際に出会っているにもかかわらず、津田の目に映った画像として説明されることで、清子の存在性からは生身の感触が消え失せる。それは、どこにもない場所に津田が残した、清子自身も触れることのできないものである。このようにして画像化される清子は物語を紡ぐ登場人物にはなり得ないだろう。清子は意志を持たない人物であり、津田の欲望を映す鏡となるばかりである。

ここでの三角形は、第三項に清子を置いて、津田と鏡（夢）の中の津田（＝未知の自分）を二者として構成されているといえる。自らの鏡像の欲望を、主体が模倣的に欲望するという事態である。三角形の定石的解釈を持ち込めば、津田にとっては最も重要な競争的かつ同志的な関係は、自らの鏡像との間に結ばれることになる。二分化した自己が模倣関係を生成することで欲望を発生させるという構造において際立つのは、閉鎖性である。ここでは、ホモソーシャルな三角形の記憶が、他者を必要としない自己循環的な三角形による欲望の装置へと変質しているようだ。こうした自己循環が継続する限り、津田は「夢」のなかにとどまることになるだろう。そして、この循環に何らかの軋みが生じたとき、津田の主体の安定性は失われ、「余裕」のある男と評される津田が、代助同様にその「余裕」を失うことになるはずだ。

男と男の三角形

『それから』における代助と平岡の対立と、その後の「余裕」の消失は、代助が男－男－女の関係に踏み込むことで起こった。『明暗』における「余裕」については、どうだろうか。

「余裕」をめぐる対立は、『明暗』では津田と小林との間で発生する。階級が前景化されながら、やはりそこに三角形が発生している。興味深いのは、代助と平岡の間の第三項が三千代であったのに対して、津田と小林の関係における第三項となるのは、見知らぬ青年たちであることだ。ジェンダー化した三角形は「恋愛」の物語として展開するが、階級が問題になるならば女が加わる必要はない。『明暗』では、男三人による三角形が、生み出されている。これが、三番目の三角形である。

第三項になる青年は二人いる。一人は、原という名の青年画家である。津田は朝鮮へ行く小林の送別会をするがその場に、小林は津田の知らない青年を呼ぶ。津田に対する「一種の反感と、恐怖と、人馴れない野育ちの自尊心とが錯雑して起す神経的な光り」を目に宿した青年は貧しく、津田は「階級なり、思想なり、職業なり、服装なり、種々な点において随分な距離」があると感じる。さらに小林は、誰とも知らぬ青年が書いた手紙を津田に読ませる。手紙のなかに、二人目の青年が浮かび上がる。そこには、叔父に騙され自由も尊厳も奪われた生活を強いられ「何となれば、手を挙げても足を動かしても、四方は真黒」で「いくら訴えても、厚い冷たい壁が僕の声を遮ぎって世の中へ聴えさせないようにする」という「幽霊のような」心境が綴られていた。こうして小林は、津田と小林の関係の間に、二人の「貧乏の幽霊」のような青年たちを引き入れる。

小林がつくり出した第三の三角形は、第三項を排除するものにはなっていない。津田から小林へそして青年へ流れていくのは、「余裕」である。津田が餞別として渡した金の一部は、津田の目の前で、原の手に渡される。「君から僕にこれを伝えた余裕は、再びこれを君に返せとはいわないよ。僕よりもっと余裕の足りない方へ順送りに送れと命令するんだよ。余裕は水のようなものさ。高い方から低い方へは流れるが、下から上へは逆行しないよ。」と小林は言う。一方、手紙を書いた青年と結ばれた三角形では、「同情心」が「逆行」していく。何のために読ませたんだと問う津田に、小林は「同情心はいくらか起るだろう」と言う。そして、「それで沢山なんだ、僕の方は。同情心が起るというのはつまり金が遣りたいという意味なんだから。それでいて実際は金が遣りたくないんだから、其所に良心の闘いから来る不安が起るんだ。僕の目的はそれでもう充分達せられているんだ」と言う。津田の持つ「余裕」が小林に渡り、それがさらに青年へと流れていく。あるいは小林が青年へ向ける「同情心」が逆流して津田に流れ込む。二つの三角形によって、津田が一人で所有していた「余裕」に「同情心」が絡み合い、三者の間に繋がりが発生し始めるのである。この繋がりが、一方向的なものでないのは、津田と青年との間にも関係が発生しているといえるからだ。手紙を読んだ津田は、次のように感じる。

彼はどこかでおやと思った。今まで前の方ばかり眺めて、此所に世の中があるのだと極めて掛かった彼は、急に後を振り返らせられた。そうして自分と反対な存在を注視すべく立ち留まった。するとああああこれも人間だという心持が、今日までまだ会った事もない幽霊のようなものを見詰めているうちに起った。極めて縁の遠いものはかえって縁の近いものだったという事

実が彼の眼前に現われた。(百六十五)

津田は、ここで「貧乏の幽霊」に遭遇している。立ち現れた「幽霊」は、無関係なまま目の前を通り過ぎるのではなく、津田に「近いもの」という身体的な感触を引き起こし、そのはじめて生まれた感触によって、津田は三者を結ぶ流れのなかに巻き込まれていく。

「亡霊」は、現実と非現実のあわいに立ち現れ、意識的な抵抗を脱力化し、知らぬまに異なるものへと結ばれる回路を開く。第三項として「幽霊」を加えた三角形は、二対一の構造に付されたホモソーシャルな欲望の排他性から離れ、より不安定で動的な情動の流れを発生させている。もう一度、津田と津田の亡霊と鏡(清子)の三角形に戻れば、そこに「亡霊」が立ち現れている以上、やはり単純な自己循環的に自足した欲望の装置でとどまるはずはなく、見たことのない何か、入り込んだことのないどこかに繫がる三角形となっただろうと推測される。

男—男—女の構成から、ジェンダーによる切断のない男—男—男の構成へという変化が、こうした不穏かつ変容の可能性に満ちた運動を発生させていく事態を、『明暗』におけるクィア性として読むこともできるかもしれない。クィアとは、異性愛中心主義やジェンダーの二元論を攪乱する非規範的な事態、立場、その鋭く豊かな批評性を指す言葉である。このクィア性と合わせて読まねばならないのは、『明暗』が、漱石の作品のなかではじめて「階級」という問題をはっきりと前景化した作品であるということである。かつて『それから』の代助と平岡の間において語られていた「余裕」のある美的生活と「パン」のために生きる生との二項対立は、より際立った形で、資源の不平等な分配の問題として物語化されている。『明暗』では、三角形のジェンダー配置の変形と、「階級」という新たな問題の呼び込みが、交差している。与えられた資源によって資本主義的競争の熾烈さを経験することもなくぬくぬくと生きてきた津田のような男を、その場所から連れ出す物語が、三角形をクィアに変形させ、不穏な情動の流れをつくり出すことで、書かれようとしていたかもしれない。

3　女と女と男の三角形

女と女と男の三角形

さて、ここまではもっぱら津田を中心に見出される男たちの三角形についてみてきたが、さらに、より『明暗』の独自性が際立つ三角形に目を向けたい。それは、女―女―男からなる三角形である。『明暗』には、津田―お延―お秀の三角形、また津田―お延―吉川夫人という三角形がある。未完でなければ書かれたかもしれない津田―お延―清子という三角形も、読み込める。つまり、女性と男性の構成比が逆転した三角形が、『明暗』では、次々に繰り出されているのである。『それから』の三千代、『門』の米、『行人』の直、『こころ』の静、漱石の三角形は、男たちの関係に翻弄される第三項に女を配置してきた。それが『明暗』に至って、引っ繰り返される。女―女―男からなる三角形では津田が第三項に配置され、二人の女の間に闘争が繰り広げられていく。男は、はじめて第三項であることを経験することになり、女と女の関係、女たちのゲームがはじめて描かれることになるのである。

男を挟んだ女二人のゲームといえば、たとえば「妻」と「愛人」が繰り広げるような、男の奪い合いの物語が思い出されるかもしれないが、それとは全く異質である。これまでの漱石の三角形が表面的には異性愛的な物語であっても男と男の関係を描くものであったように、『明暗』の女たちのゲームもまた、第三項の津田を排除して展開しているからである。

お延と清子と津田

女二人と男一人からなる三つの三角形のうち、まずは吉川夫人が火を付けようとしている、お延－清子－津田という三角形を第四の三角形として取り上げよう。津田が清子に会いに温泉に行ったことによって、この三角形の物語が展開する可能性はなくはない。三角形となることで生じるのは、津田と清子の関係ではなく、お延と清子の関係である。

さて、この三角形は、女たちの三つの三角形のなかでは最もありきたりなものといえそうだ。温泉で男を挟んで女性二人が会ってしまうという状況であるが、それに類似するエピソードが、漱石自身が舞台となる湯河原に行った際に見聞した出来事のメモに残されている。『明暗』執筆の数ヶ月前、一九一六年の一月二八日から二月一六日にかけての、漱石にとって二度目の湯河原滞在の際のメモである。

○宿の老上さんの話

△男ある素人の情人をつれてくる。同じく関係のある女（待合の女将）あとから来る。男風呂

場で女将につらまつて出る事が出来ず湯気にあがる。上さんに救はれて部屋に帰る。素人の女の方は泣いて東京へ帰るといふ。上さんなだめて戸棚の中へ布団を敷き火鉢を入れてかくす。さうして男と女将をたしなめる。もう騒動をしないといふ言質をとる。それから男一人に女二人同居す。男風呂に入る。二人とも遠慮してどつちも湯に追いて行かず。男コボシテ曰クリヨマチで手拭が絞れないのに二人とも一所に来てくれなくつちや仕様がない。
△男あり横浜の芸者と深い仲なり。単身湯治に来る。別口の新橋の好きな芸者を呼ぶ。すると其芸者の来る前に横浜の方が勝手に来てしまふ。呼ばれた方はあとから来て指を銜へて二人を遠方から見てゐる。[*6]

エピソードが二つも記されているように、女二人が温泉で鉢合わせるという構図は、温泉場には珍しくないということだろう。吉川夫人の発想は、先にも紹介した夫の放蕩をめぐる悩み相談やこうした通俗的な痴話話と地続きといってよい。お延と清子との間にも、これに類する陳腐ないざこざが展開したかどうか。書かれた範囲で推測すれば、かりに温泉場で鉢合わせるようなことがあったとしても、清子の見せた暖簾に腕押しといった様子を考えると、ありきたりな世話物的修羅場にはなり得ないだろう。いずれにせよ書かれていないので、女たちの三つの三角形のなかでは、最も通俗的な物語と親和性が高いものだということを確認するにとどめて、これ以上あれこれ述べることは避けよう。

漱石的三角形の問題として『明暗』でおもしろいのは、残りの二つの三角形である。

吉川夫人とお延と津田

第五の三角形は、吉川夫人–お延–津田という三角形である。前章で論じたように、吉川夫人とお延の間には、家庭像やジェンダー規範に関わる新旧の対立がある。お延にとって吉川夫人は「自分のあまり好いていない、また向うでも自分をあまり好いていないらしい」存在である。お延の吉川夫人に対する視線は、明確に戦闘的なものだ。たとえば継子の見合いの場で、お延は吉川夫人を以下のように観察する。

相間々々に巧みなきっかけを入れて話の後を釣り出して行く吉川夫人のお手際を、黙って観察していたお延は、夫人がどんな努力で、彼ら四人の前に、この未知の青年紳士を押し出そうと試みつつあるかを見抜いた。穏和というよりもむしろ無口な彼は、自分でそうと気が付かないうちに、彼に好意を有った夫人の口車に乗せられて、最も有利な方面から自分をみんなの前に説明していた。

彼女はこの談話の進行中、殆んど一言も口を挟さむ余地を与えられなかった。自然の勢い沈黙の謹聴者たるべき地位に立った彼女には批判の力ばかり多く働らいた。卒直と無遠慮の分子を多量に含んだ夫人の技巧が、毫も技巧の臭味なしに、着々成功して行く段取を、一歩ごとに眺めた彼女は、自分の天性と夫人のそれとの間に非常の距離がある事を認めない訳に行かなかった。しかしそれは上下の距離でなくって、平面の距離だという気がした。では恐るるに足りないかというと決してそうでなかった。一部分は得意な現在の地位からも出て来るらしい命令的の態度の外に、夫人の技巧には時として恐るべき破壊力が伴なって来はしまいかという危険の感じが、お延の胸のどこかでした。（五十三）

吉川夫人がお延に干渉し矯正しようと企てていることは、すでに述べた通りである。三角形の構図の効果は明確で、二人の対決は、津田を挟みながらも、同時に津田をほとんど排除して繰り広げられている。津田は女たちの戦いのコマとして用いられているともいえるかもしれない。吉川夫人が企てた津田を清子のいる湯河原へ行かせるという計画も、お延を矯正しようという意図があってのことである。後に残されるお延を心配する津田には、「私にいわせると、これほど好い療治はないんですがね」「貴方は知らん顔をしていればいいんですよ。後は私の方で遣るから」「そんな事は貴方が知らないでもいいのよ。まあ見ていらっしゃい、私がお延さんをもっと奥さんらしい奥さんにきっと育て上げて見せるから」「心配する事があるもんですか。細工はりゅうりゅう仕上を御覧うじろっていうじゃありませんか」と畳みかける。吉川夫人は、こうして津田の心配を封じて計画を決行させる。津田の介入を排除したうえで、お延を矯正しようとしているのである。お延と吉川夫人は義母と嫁との関係ではないが、ここで展開しているのは、前章でも述べたように嫁姑問題として読むことができるだろう。生意気な嫁が気に入らない姑が、「教育」を企て、強引な方法に打って出たわけである。

お延は、仕掛けられたこの罠にどう応じただろうか。吉川夫人を警戒してきたお延が、易々とやりこめられたとは思えない。漱石は嫁の反撃をどのように書くつもりだったのだろう。典型的な嫁として思い出される『行人』のお直は、自分を「親の手で植付けられた鉢植」に例え「立枯になるまで凝としているより外に仕方がない」と語っていたが、お延は、お直とは全く違うタイプとして造形されている。お延を最後に修飾する言葉は「勇気」である。吉川夫人の策略に従うことになった際に「もう反抗する勇気がなかった」と描写されている津田と対照的に描かれている。『明暗』での津田とお延の最後の対話場面で（この後は、見送りの際に一言二言かわす短い場面があるのみである）、津田はお延を「お前は見掛に寄らない勇気のある女だね」と評し、お延は「何だか知らないけれども、あたし近頃始終そう思ってるの、何時か一度このお肚の中に有ってる勇気を、外へ出さなくっちゃならない日が来るに違ないって」と答えていた。何かが起こったはずであるが、そのときお延の向かう相手が、清子ではなく吉川夫人であった可能性は、十分に読み込めるだろう。[*7] 続きが書かれていれば、大正五年に、姑に立ち向かう、「勇気」ある嫁の物語を読むことができたかもしれない。

女－女の物語が嫁姑関係として描かれていることを、漱石のかつての三角形の完成形が『こころ』の父－息子関係であったことと比較してみれば、男－男の闘争が規範の継承を含意しており、それゆえの深い親密性を帯びていたのに対して、嫁姑の闘争は規範の切断をめぐるものとなっていて、二人が同化していく可能性がないことが興味深い。母－娘の物語が持つ複雑さや、愛憎絡み合う深い繋がりも、嫁姑の物語には発生しない。第3章で確認したように、『明暗』では、津田と津田の父との間にも文化的な切断がある。漱石的三角形がつくり出していたホモソーシャリティは、さまざまな場で変質しているのである。『明暗』は、同質性を志向するのではなく、異質な者の交差へと進んでいく。お延の文化圏では最強の敵となる吉川夫人に、お延は勝利することができたかどうか。お延は物語の中で変化を遂げ、バージョンアップしている。戦闘力を上げたお延は、継子の見合いの場のように吉川夫人にただ牛耳られるということには、ならなかったはずだ。規範の模倣を強いられる場所に置かれたお延は、その模倣を拒否するだろう。吉川夫人とお延（と津田）の三角形は、父－息子のエディプス的三角形の攪乱的な反復、パロディとなっているのである。

お延とお秀と津田

さて、六番目の三角形は、お延－お秀－津田の三角形である。お延とお秀の間には、欲望と嫉妬の物語がよりはっきりと描かれている。お秀にとってお延は、以前の兄を変えてしまった存在だ。妹として兄の存在に向けた欲望と、妻として夫に向けた欲望が、二人の間で衝突している。前半戦は、津田が抱えている金の問題を、お秀が自分の懐から用立てようとしたところ、お延が岡田の叔父の援助によって用意して、それを封じた「戦争」であり、お延が勝利を収める。

二人の勝負は、津田を経由してより根本的な問題にも繋がっている。お秀は、お延が嵌めた「指環」に嫉妬している。それは、一つには、分かりやすい贅沢の証であり、もう一つには、夫からの「愛」の証とみなされている。

後半戦では、「愛」が二人の主題となる。二人の「愛」をめぐる言葉の応酬は、前章ですでに紹介した通りである。『明暗』の読みどころだと先にも書いたが、そう思われるのは、漱石の作品でこのような場面はこれまでには書かれたことがないからだ。漱石にとってはじめてというだけでなく、女と女が議論する場面は、同時代の文学において稀有である。もちろん『青鞜』に象徴される新しい女の出現が、こうした造形にリアリティを与えている。漱石自身も、新しい女の様態に触れたはずである。ここには言葉を語る女というものに対する新しい視線が生まれている。

さらにこの点で今一度振り返っておきたいのは、お延とお秀の対話に、漱石自身の体験が組み込まれていたということである。漱石は自分自身と山脇敏子の会話を、二人の饒舌な語りのなかに忍び込ませていた。つまりそのとき起きていることは、漱石がお秀に同化し、お延との対話に参加しているという事態だ。あるいは、漱石が女装していると読んでもいいかもしれない。こうした小説に潜在している執筆事情を読み込めば、ジェンダーの磁場に奇妙な揺らぎがみえ、ある種のクィア性が滲み出してくる。また、三角形は、第三項を組み込むことで、二者の間の関係を濃密にし、発熱させる装置である。お延とお秀だけでなく、吉川夫人も臆することなく（事実を持ち出しながら）巧みな話術で場を主宰する力を持つ女性であった。お延と吉川夫人の対決が描かれたとしたら、お延の武器はやはり言葉ということになっただろう。女－女－男からなる二つの三角形を合わせて考えてみれば、かつて男－男の関係に向けられていた漱石の欲望が、女－女に、こうした男の言葉と女の言葉の間で言葉を駆使する女たちの語る様態に向けられていることになる。言葉を発する女たちに向けられた異性愛的な枠組みを外れた欲望が、ここには潜在している。

4　七つ目の三角形

津田とお延と秘密

最後に、津田とお延の関係について考えてみたい。ここまでに見てきた六つの三角形は、津田とお延が、それぞれの物語を展開するプロットに組み込まれている。津田には金をめぐるゲーム、お延には愛をめぐるゲームがあり、それぞれが家族規範のなかでジェンダー化されたゲームを、津田は男同士の間で、お延は女同士の間で進めているわけだが、物語において最も重要な闘争はお延と津田の間で繰り広げられる三角形である。この七番目の三角形の第三項になるのは、「秘密」である。

繰り返してきたように物語の中心に置かれているのは津田の「秘密」であるが、津田にとってのお延も、「これは夫に知らせてならないと思う事、または隠して置く方が便宜だと極めた事、そういう場合になると、彼女は全く津田の手に余る細君」である。互いに手の内を見せずに演技をしつつ、夫婦として暮らしてきているわけだが、小さな嘘や虚飾にとどまらない「秘密」が二人の間に浮上してきたとき、津田とお延は、互いの正面に向き直ることになる。「秘密」を隠そうとする津田と、それを手に入れようとするお延の間で勃発した「戦争」のあり様は、実況中継をするかのように描かれている。第2章でも一部を取り上げたが、その経過を少し取り出してみよう。お秀や小林から与えられた僅かな仄めかしを握り締めて、お延は津田に攻め込んでいく。

お延はこの単純な説明を透して、その奥を覗き込もうとした。津田はあくまでもそれを見せまいと覚悟した。極めて平和な暗闘が度胸比べと技巧比べで演出されなければならなかった。しかし守る夫に弱点がある以上、攻める細君にそれだけの強味が加わるのは自然の理であった。だから二人の天賦を度外に置いて、ただ二人の位地関係から見ると、お延は戦かわない先にもう優者であった。正味の曲直を標準にしても、競り合あわない前に、彼女はすでに勝っていた。

（百四十七）

攻める側にいるお延の立場の方が強いと説明されるが、結果は簡単には出ない。津田の守りは堅いからだ。津田は、鉄壁の守りをみせる。「彼女が一口拘泥るたびに、津田は一足彼女から退ぞいた。二口拘泥れば、二足退いた。拘泥るごとに、津田と彼女の距離はだんだん増して行った」という具合に、状況は徐々に津田に有利な形になっていく。

お延は、嘘をついて津田をおびき出そうとする。「じゃ本当をいいましょう。実は小林さんから詳しい話をみんな聴いてしまったんです。だから隠したってもう駄目よ。貴方も随分非道い方ね」。この攻撃に一瞬怯みつつも、何とか津田は、逆にお延に問い返したり、気遣いを見せたり、適当な言い訳をしたり、嘘をついたりしながら、ぼろが出ないように凌いでいく。

ついに、お延は「急に破裂するような勢で飛びかか」り、「じゃ話して頂戴。どうぞ話して頂戴。隠さずにみんな此所で話して頂戴。そうして一思いに安心させて頂戴」と直球勝負に出る。津田は驚きつつも、状況を冷静に読む。

津田は面喰った。彼の心は波のように前後へ揺き始めた。彼はいっその事思い切って、何も彼もお延の前に浚け出してしまおうかと思った。と共に、自分はただ疑がわれているだけで、実証を握られているのではないとも推断した。もしお延が事実を知っているなら、此所まで押して来て、それを彼の顔に叩き付けないはずはあるまいとも考えた。

そして、まだ「打ち明けずにいるのが得策」と判断して、次のように言ったのだった。

「つまりお前がおれを信用するといいさえすれば、それでいいんだ。万一の場合が出て来た時は引き受けて下さいっていえばいいんだ。そうすればおれの方じゃ、よろしい受け合ったと、こう答えるのさ。どうだねその辺の所で妥協は出来ないかね」（百四十九）

この津田の一言で、戦闘は収まる。長くなったが、二人の「秘密」をめぐる攻防を辿ってみた。語り手は、二人に対してほぼ同様の距離を保ちながら、双方の内面に入り込み、刻々と変わる戦況を記述している。

ここでもう一度思い出さずにはいられないのは、『こころ』である。先生の秘密は、静と先生の間に距離をつくり、青年「私」を惹きつけた。『こころ』では、静は先生に尋ねることができず、青年の「私」に尋ねる。「あなたどう思って？」「私からああなったのか、それともあなたのいう人世観とか何とかいうものから、ああなったのか。隠さずいって頂戴」。青年は知るよしもない。しかし、先生に尋ねることができるのは青年だけである。青年は先生を問い詰めていく。「頭が鈍くて要領を得ないのは構いませんが、ちゃんと解ってるくせに、はっきりいってくれないのは困ります」「隠していらっしゃいます」「ただ真面目なんです。真面目に人生から教訓を受けたいのです」と迫り、最終的に先生は、遺書で青年に秘密を与えることとなる。第三項の場所に配されている静は、青年が先生を裏切らない限り、「秘密」からは永遠に排除されている。

『明暗』は、こうした「秘密」を第三項とする三角形を描いているという点で、『こころ』の攪乱的なパロディとなっている。『こころ』からの最大の変化は、やはりジェンダーの配置である。お延が、二者関係の一項となるからだ。津田とお延の関係は、「秘密」を介して向き合う構図のなかで、かつて男と男の間で描かれたのに類する、熱を帯びた、切実で、複雑に情動が絡み合う関係へと移行していく。

『明暗』の三角形では清子は「秘密」を埋める記号となる。先に、お延と清子と津田の三角形を、男を第三項とした女二人からなる最も通俗的なパターンとして説明したが、「秘密」と清子の重なりを考えれば、三角形の配置を一つずらして読むことになる。津田とお延が第一項と第二項として向かい合い、清子は第三項へと押し出される。お延－津田、清子－津田、という二組の二者関係の競争となれば、きわめて異性愛的な物語が展開することになるが、ここではそうはならない。また、津田とお延の二者関係もまた、互いに欲望が向かい合うのではなく、第三項である「秘密」を挟んだ闘争になることで、単純な異性愛的な物語にはならない。異性愛的な二者の対関係として描くことを避けつつ、なおかつ欲望によって結ばれていく男と女の濃密な関係を描くことが、三角形を組み入れることで可能になるのである。

『こころ』の三角形は、死の三角形でもあった。秘密を持つものが、死に向かい、生き残った者の内側に刻み込まれていくことになる。ルールにならって物語が展開するとしたら、死ぬのは津田である。すでに亡霊と化している津田は、何らかの形で死を体験することになるだろうか。『明暗』の「秘密」には過去の出来事と、現在に亡霊のように浮かび上がっている出来事が重ね合わされていくことになる。過去に完了した出来事でも、現在に新たに発生した出来事でもない、多重化した津田の「秘密」は、誰が何のために解釈するのかによって、いかようにも意味が変容する。不定型な「秘密」をめぐって、津田とお延は向かい合っている。変容する三角形は、先生とK、青年と先生を繋ぎ合わせた装置のようには機能しないだろう。お延と津田は、どこに運ばれることになったのか。ホモソーシャルな三角形のジェンダー配置がずれることで、物語の行く先は不穏に揺れ動き、見知らぬ世界が現れてくる可能性を帯びていく。夫婦を描いた小説でありながらも、異性愛を規範とする世界に行き着かぬよう、三角形は事態を異性愛の外部に接続していく。ホモソーシャルな排他的親密性からも離れて、『明暗』の三角形は増殖し、重なり、衝突し、変容し、先行きが閉じない世界に開かれている。

増殖する三角形

質の異なる三角形が次々と浮かび上がっていることを確認しつつ、七つの三角形を読んできた。漱石の三角形への偏愛は、ホモソーシャルな世界への欲望として読まれてきたが、『明暗』における三角形の現れ方は、いずれもそれを変形させるものとなっている。三角形のつくる物語の力学の可能性が、さまざまに試行されているようですらある。確かなのは、二者関係に閉じられることが回避されているということである。三角形は、第三項に何が入っても成り立つ。その意味で、第三項の具体的な内容には、それほどの重要性はないと考えることすらできるかもしれない。

家族ゲームのバリエーションとして次々に現われる三角形は、家族という空間内部の多重性を示しているともいえるし、家族という空間が接続している力学の多様性や、そこから生じる情動の多様性を規範に引き戻すことなく引き出してもいる。第三の三角形や、第六の三角形については、それぞれに異性愛的な情動から外れるクィアな欲望のあり様も読み込んでみた。『明暗』が、それまでの作品とは質の異なる作品であることは、これまでにも指摘されてきたが、同時代の近代家族の規範性が明瞭に描き込まれながらも、女性主人公を引き入れるという実験的な物語空間では、以前の作品では生じ得なかったさまざまな出来事や、それにまつわる情動が描き出されていくこと対して、抑制がかけられることがない。『明暗』における三角形は、物語を駆動し続けていく装置となっている。

それにしても、『明暗』に三角形が多発しているというのは、闘争が多発しているということでもある。至るところ闘争ばかりと言っても過言ではない。家族ゲームは、家族の中だけにあるわけではない。家族を取り囲む他者との間にも、ゲームは発生する。漱石が描いた近代家族の風景は、平和や安逸からはほど遠い。家族の規範が新しく書き換えられていった漱石の時代、世代や立場の異なる者の間のずれは、いかほどだったろう。視線を転じて現在を見つめれば、漱石の時代に構成された近代家族の規範が維持されている部分ももちろんあるが、夫や妻、父や母や子や、また親類や友人や、それぞれに割り振られた役割や規範は、すでに解け、崩壊し、組み換えられてもいる。現在もまた、漱石の時代とは別の意味で、家族規範が均質的に共有された時代でないことは、間違いない。至るところに闘争が勃発する物語世界は、私たちにとって、むしろ親和性が高いだろう。

家族のゲームには、終わりがない。『明暗』が描くのは恋愛結婚後の時間であるが、結婚以前、恋愛のゲームであれば終わりが設定可能である。恋が成就する前であれば、恋が生まれる瞬間を開始地点として「交際」がゴールになり得るし、交際が始まった後には「結婚」がゴールとなって、ゲームの完了時がそれぞれに設定され得る。しかし、家族の場合はそうではない。家族ゲームは、完了を設定できないゲームである。むしろゲームを継続させることの方が大切になる。

第七の三角形は、「秘密」を第三項としていた。家族の中に「秘密」があるとき、一つの共同体であるべき家族の構成員がそれぞれに異なる物語を抱えることとなって、それぞれに孤立する状況も起こりうる。しかし、『明暗』では、その秘密をめぐって三角形がつくり出されていく。「秘密」がかえって、津田とお延の演技を剝ぎ取り、直接に向かい合う状況をつくり出しているのである。ゲームは、そのように考えるとき、異なる方向を向いていた人と人を濃密に繫ぐ場を生み出す可能性も帯びたものとなる。勝負を決することだけが、ゲームの様態ではない。津田とお延の「戦争」を収めたのは「妥協」であって、どちらかの勝利が確定したわけではない。家族のゲームは、「均衡」を探るために繰り広げられるのである。

ゲームのあり様は、変容してもいく。第2章においても確認したが、津田との「戦争」後、お延は「正直」な女へと大きく変化する。ゲームはさらに進行したはずであるが、そのルールは変更されたかもしれない。規範のなかで構成された虚構性が崩れたのだとしたら、異なるゲームが開始されることになったはずである。ルールそのものについての闘争もまた発生するかもしれない。ルールの異なるゲームへ、異性愛的で二元的にジェンダー化した家族の空間が異なるものへと向かったかもしれないという仄かな可能性を、『明暗』は見せている。

＊1 ルネ・ジラール『欲望の現象学　文学の虚偽と真実』、三ページ

＊2 フロイト「自我とエス」

＊3 小森陽一「「こころ」を生成する「心臓」」、石原千秋「「こゝろ」のオイディプス　反転する語り」。両論文は、『こころ』の読み方を大きく変え、『こころ』論争を引き起こした。両論を批判した立場としては、三好行雄「先生はコキュか」などがある。

＊4 イヴ・K・セジウィック『男同士の絆　イギリス文学とホモソーシャルな欲望』

＊5 「断片71B」『定本　漱石全集』第二十巻、五四八ページ

＊6 「断片71A」『定本　漱石全集』第二十巻、五一〇ページ

＊7 水村美苗『続明暗』は吉川夫人とお延の関係を軸として展開している。

終章

継続のための均衡を探して

他者を描く漱石

夏目漱石は、テーマの違う作品を次々と書いた作家というよりは、あるテーマを抱えて、それを何度も違う物語として変奏させながら書き続けた作家である。明治一年は、漱石一歳。明治の成り行きとともに生きて、そのなかにある断絶や変化を、それを積極的に生み出していく立場ではなく、それを被る者の立場で書いた。安定したアイデンティティや、一貫した意志や、超越的な達観といったものは、漱石の作品のなかには描かれていない。気が付けば自分が想定したのとは違う状況を生きているという途惑いや、自分の過去と現在が上手く繋がらないという違和感、過去と現在がつながらないのだから現在と未来もまた繋がるものとは限らないという不安、それでも生きている人生の重さや不思議さ、不定形で流動的な状況に投げ出されている者の生きる感覚が、繰り返し丁寧に描かれた。自分が不安定であることは、他者との関係にももちろん影響している。漱石の描く他者は、理解しきれぬ者、それでも関係しなければならない者として描かれる。その関係は、容易にコントロールできるものではない。自分が他者に対して抱く欲望がどのようなものなのか自分で把握しきれていなかったり、自分の欲望が明確だったとしても、それが他者との関係のなかで動き出すと想定していたのとは違う展開になってしまったりする。他者の側から、自分に対して投げかけられる欲望も、同様に変容しているわけなので、どこまでいっても、他者との関係が安定することはない。漱石が描く他者は、つねに不安の根源である。

こうした不安定な自己と他者が、関係を避けられない深さで向かい合うことになる場が家族である。そして、その中心に置かれた男と女の関係だった。ことに新聞小説家になった後の漱石の作品では、初期は『虞美人草』や『三四郎』など、若い世代を中心に物語が設定されているが、『それから』以後は結婚やその後の時間を見つめる小説が書かれている。

『明暗』は、こうした漱石の小説群の最後のもので、それまでの作品に類似して、一組の夫婦を中心にしてやはり家族の時間が描かれているのだが、本書で確認してきたように、新しい試みもふんだんに含まれている。その一つは、主人公が二人いるということである。一人は男、一人は女、ジェンダーによって振り分けられた物語が展開している。

『明暗』の家族ゲーム

二人の間の駆け引きを、本書では、家族ゲームという用語で説明してきた。基本的な設定としてとくに重要なのは、二人が、当時としてはきわめて新しい恋愛結婚をした夫婦だということである(第1章)。恋愛のゲームには、結婚というゴールがある。では恋愛結婚のゴールは、どこに。結婚した後、家族というゲームを始めることになる二人は、何を目指して、どこまで行けばよいのか。未完なので、結末は分からないが、かりに完結していたとしても、恋愛結婚のゴールを示すようなものにはならなかっただろう。二人は愛を確かめ合いました、めでたしめでたし、というような小説を漱石が書くはずがない。

遺された『明暗』から私たちが読むことのできるのは、家族ゲームを生きている津田とお延の姿である。物語は進行中のまま中断しているが、家族ゲームの特異性を考えると、結末は必須ではないとも感じられる。繰り返し述べてきたが、家族ゲームに終わりはないからだ。生活を始めてみたら、予想していたのとは違っていて、どうしてこんなことにという思いを抱えつつも、簡単にリセットするわけにもいかず、何とか情報を収集したり周囲との調整を図ったりしながら、より望ましい形を探して悩み続ける。家族になるということは、そうした事態を生きることを意味している。学校や職場など、人生のいろいろな局面で同様の状況に陥ることはあるだろうが、人数が多い共同体では関係が複数になり、誰とどう関係するかという場所取りに、選択の余地がある。しかし、結婚して始めるのは二人だけの共同体で、逃げ場がない。しかも恋愛結婚では、その後の生活が自分の期待に合うものとなるはずだと判断したからこそ結婚したわけなので、期待と現実とのずれが発生したときのダメージは深い。とはいえ、不満が募ったとしても、それを勝敗が生まれるような形で解決するのは、望ましくない。不具合を抱えながらも継続させるための均衡を探していくことこそが、家族ゲームにとっては最も重要なのである。

『明暗』における家族ゲームのこうした側面を端的に示すのは、完結していたとしたら前半から後半への切り替わりになったのではないだろうかと思われる一四九〜一五〇節で、二人の関係を変質させる鍵語として「妥協」という一言が用いられていることだ。津田は、お延が知りたいと迫った秘密の内容については明らかにしないものの、何があってもお延を引き受けることを保証すると語り、「どうだねその辺の所で妥協は出来ないかね」と交渉したのだった。お延は、この提案に応じて、態度を大きく変えることになる（第2章）。後半の物語では、隠された秘密が表に出ることになったかもしれないが、勝負が決まるような展開にはならず、またしても何らかの「均衡」が提示されたのではないだろうかと思う。それは、終わりを意味しない。変化し続ける関係のなかで、繰り返し均衡を求めて、私たちは家族ゲームを生きている。津田とお延も、そのようにして、家族ゲームを続けていくことになったはずだ。

『明暗』の家族ゲームを語る具体的なプロットとして、本書では二つの秘密と二つの闘争を読み解いてきた。一つは「金」に関わるもの、もう一つは「愛」に関わるものである。二つとも津田がお延に隠している秘密で、それをめぐって闘争が繰り広げられていた。ただし、これらの闘争は、津田とお延が向かい合って争うもののようにみえながらも、「金」の方は津田にとって重要な価値であって、小林などの外部の人物との関係も発生させつつ、津田を軸にして展開していく（第3章）。一方の「愛」の方はお延にとって重要な価値であって、従姉妹の継子や津田の妹のお秀などと、女たちの物語が展開していくことになる（第4章）。漱石が、はじめて二人の主人公を用意したこの小説では、男主人公と女主人公が、それぞれの物語を担うように描かれている。この点で、『明暗』は、近代社会のジェンダー規範が強く機能した、きわめて二元的な世界を描くことになっている。津田の物語は「金」を軸に展開する男バージョン、お延の物語は「愛」を軸に展開する女バージョンである。

二人のゲームが異なるものとして語られることで、『明暗』は、近代的な家族ゲームのルールがジェンダー化しているということ自体を浮き彫りにしているということもできるだろう。性別役割分業は、近代家族の基盤となるルールとなってきたのであり、現在に至ってもなお、「夫」や「父」の役割と、「妻」や「母」の役割を、異なるものとして意味付ける物語は、私たちの周りに溢れている。男が家族の外部の生産領域で稼ぎ、女が家族の内部の再生産領域を担うという役割分担は、現在では流動的になり疑問視されるようになってもきているが、消えたわけではない。[*1] それゆえ、津田とお延のゲームは、現在の私たちにとってもリアリティを感じられるものとなっている。津田夫婦の特徴が、当時の基準における新しさにあることを繰り返し述べてきたが、その新しさの先に私たちの社会があるのである。

同時に、漱石の小説には、二元性を揺らす仕掛けもある。三角関係である。三角形は、異性愛的な二者関係を乱す装置となる。漱石は、繰り返し三角形を描いてきたが、『明暗』がそれまでの作品とは異なっているのは、次々と三角関係が現れる点である（第5章）。主人公が二人になって二つのプロットが用意されたことに加えて、その二つの絡ませ方を、単に二人が向き合うのではない他の誰かが絡み込む三角形にすることで、複数の物語を増殖させている。ここに、漱石作品群における『明暗』の新しさがある。

漱石は、ジェンダー・バイナリな世界を前提としながらも、三角形によってそこに軋みを加え続けた作家である。女性が抱えた問題に敏感だったというわけではなく、異性愛中心主義に対する違和感がその原動力となっているのだろうと思う。ただし、漱石の作品では、異性愛中心主義やその象徴でもある「恋愛」は、一貫して重く扱われており、違和感があるとはいっても、決して根本的な解体が目論まれる方向には進まない。異性愛主義的「恋愛」は、重要であると同時に、つねに失調したものとして示されてきた。「恋愛」は、明治時代に、一気に価値化された概念であり、時代の変化に対する漱石の違和感を象徴するものとして、小説に描かれ続けたのである。

漱石が描かなかったもの

一方、別の点で特徴的なのは、家族を描きながらも、漱石の小説では、親と子の問題が中心的に取り上げられることがないことである。子の立場から親に対する問題が書かれているものといえば、『道草』における主人公健三と養父との関係がある程度で、それもいわゆる親と子の感情の縺れとは異なり、切ることのできない利害関係に巻き込まれる状況として語られている。養父からの無心に悩まされる物語の結末で示されるのは、「一遍起った事は何時までも続く」という健三の苦い認識である。また、健三には子があり、親としての健三の意識が書かれてもよいのだが、誕生した子供を「どうしても一個の怪物であった」と形容しているように、子供は他者の顔すら持たないほど遠い存在である。いくつかの小説のなかには、赤ん坊の死が悲痛な出来事として組み込まれているが、それは夫婦の不調や罪の符牒として意味付けられている。漱石の小説においては、子供は未来をつくり出す記号にはならないのである。『明暗』でも、津田とお延の親はどちらも京都に住んでいて距離があり、親というより世代の問題へと還元されているし、子供への関心は、一切描かれていない。お延や津田の欲望として描かれないだけなく、周囲からの期待が示されることもない。子供を持つことで夫婦の関係を強化するというような発想は、どこからも出ない。新婚の二人だからと理解することもできなくはないが、漱石の他の作品をふまえれば、より根本的な漱石作品的特徴と考えた方がよいだろう。夫と妻の関係が、子供が排されることで、より直接的で濃密な他者体験として描かれるのである。

ケアの倫理に繋がるもの

私たちの時代は、恋愛も結婚も家族も、具体的なあり方をみれば、間違いなく多様化している。いずれの局面でも、個人の選択と多様性が尊重されることが望ましいとされるようになってきている。多様な現実から目を背けて保守的な家族規範を提唱する動きが消えたわけではないが、大きな流れをみれば、今後も多様化は進んでいくだろうし、それを押しとどめることは保守派にもできないだろう。多様性を前提にしたうえで、家族の領域についての理念や規範について考えるとすれば、最も重要なのはケアの倫理[*2]である。自立性を価値とするのではなく、依存を組み込んだ共生を探ることが求められている。完全に自立した個人などいないということ、また一生を誰にも依存せず生きることなど決してできないということが、深く認識されるようになったともいえる。

前半でお延が語る「幸福」は「ただ愛するのよ、そうして愛させるのよ。そうさえすれば幸福になる見込はいくらでもあるのよ」という、率直にいって自己中心的なものだが、後半に向けて変化したお延は、異なる幸福のイメージを持つことになっただろうか。二人の家族ゲームの先に、ケア的な関係は萌したただろうか。それを予感させる場面が、『明暗』にないわけではない。

津田が入院した後、自宅に戻ったお延は「茶の間には電燈が明るく輝やいているだけで、鉄瓶さえ何時ものように快い音を立てなかった」と感じる。

彼女は器械的に灰をほじくって消えかかった火種に新らしい炭を継ぎ足した。そうして家庭としては欠くべからざる要件のごとくに、湯を沸かした。しかし夜更に鳴る鉄瓶の音に、一人耳を澄ましている彼女の胸に、どこからともなく逼ってくる孤独の感が、先刻帰った時よりもなお劇しく募って来た。それが平生遅い夫の戻りを待ちあぐんで起す淋しみに比べると、遥かに程度が違うので、お延は思わず病院に寝ている夫の姿を、懐かしそうに心の眼で眺めた。

「やっぱりあなたがいらっしゃらないからだ」（五十七）

二人のいつもの茶の間では、「穏やかな家庭を代表するような音を立てて鉄瓶が鳴って」いる。その音は、お延が主張する近代家族的な「愛」から構成された「幸福」とは質が異なる、ただ「穏やか」なものである。静かに灯った炭の火と、穏やかな湯気がただよう茶の間は、互いの欲望の輪郭をほどくような場になっている。ここでは個々の問題が鋭く際立たされることなく、互いに白湯をすすり合って一息つき、背負った重荷を降ろすことを許される。『明暗』には、依存を肯定する明確な認識が示されているわけではないが、異なる物語を抱えて闘争している二人をゆるやかに結び合わせる空間、戻ることのできる場所がひそかに用意されている。ケアの倫理は、決してただ穏やかなだけの関係を価値化するようなものではないが、自と他のなかに勝敗をつけることではなく、関係を保つことを望む方向性の先に、ケアに繋がるものがあるかもしれない。ケアの役割が女性ジェンダー化されているという問題については、漱石の作品のなかに解決の糸口はない。しかしながら、漱石の作品には、他者に対するすぐれて鋭敏な感性が示されており、それが家族やジェンダーの規範に対する深い洞察にも繋がっている。家族を見知らぬ他者とのゲームの場として描いた『明暗』に、共生の形を探る批評性を見出したい。

＊1　シンジア・アルッザ、ティティ・バタチャーリャ、ナンシー・フレイザー『99％のためのフェミニズム宣言』

＊2　キャロル・ギリガン『もう一つの声　男女の道徳観のちがいと女性のアイデンティティ』、ケア・コレクティヴ『ケア宣言　相互依存の政治へ』など。

参考文献

安倍オースタッド玲子［二〇一九］「世界文学としての『明暗』」、安倍オースタッド玲子／アラン・タンズマン／キース・ヴィンセント・編『漱石の居場所　日本文学と世界文学の交差』、岩波書店

阿部公彦［二〇〇五］「漱石の食事法　胃病の倫理を生きるということ」、鈴木晃仁／石塚久郎・編『食餌の技法』、慶應義塾大学出版会

Agamben, Giorgio［2002］*L'aperto: L'uomo e l'animale*, ジョルジョ・アガンベン『開かれ　人間と動物』、岡田温司／多賀健太郎・訳、［二〇一一］、平凡社

Agamben, Giorgio［1995］*Homo Sacer: Il potere sovrano e la nuda vita*, ジョルジョ・アガンベン『ホモ・サケル　主権権力と剥き出しの生』高桑和巳訳、［二〇〇三］、以文社

赤木桁平［一九一七］『夏目漱石』、新潮社

安藤更生［一九三一］『銀座細見』、春陽堂、→［一九七七］中央公論社（中公文庫）

荒正人［一九五三］「漱石文学の物質的基礎」、『文学』二一（一〇）

Arruzza,Cinzia/ Fraser, Nancy/ Bhattacharya, Tithi［2018］*Feminism for the 99%: a Manifesto*, シンジア・アルッザ／ティティ・バタチャーリャ／ナンシー・フレイザー『99%のためのフェミニズム宣言』、惠愛由・訳／菊地夏野・解説、［二〇二〇］、人文書院

Austin, John Langshaw［1960］*How to Do Things with Words*, J・L・オースティン『言語と行為』、坂本百大・訳、［一九七八］、大修館書店

Brake, Elizabeth［2012］*Minimizing Marriage: Marriage, Morality, and the Law*, エリザベス・ブレイク『最小の結婚　結婚をめぐる法と道徳』、久保田裕之・監訳、佐藤美和／本多真隆／松田和樹／羽生有希／藤間公太／阪井裕一郎・訳、［二〇一九］、白澤社

Butler, Judith［2015］*Notes Toward a Performative Theory of Assembly*, ジュディス・バトラー『アセンブリ　行為遂行性・複数性・政治』、佐藤嘉幸／清水知子・訳、［二〇一八］、青土社

Care Collective［2020］*The Care Manifesto: the Politics of Interdependence*, ケア・コレクティヴ『ケア宣言　相互依存の政治へ』、岡野八代／冨岡薫／武田宏子・訳、［二〇二一］、大月書店

Chwe, Michael Suk-Young［2013］*Jane Austen: Game Theorist*, マイケル・S-Y・チェ『ジェイン・オースティンに学ぶゲーム理論　恋愛と結婚をめぐる戦略的思考』、川越敏司・訳、［二〇一七］、NTT出版

Derrida, Jacques［2012］*Histoire du mensonge*, ジャック・デリダ『嘘の歴史　序説』西山雄二訳、［二〇一七］、未來社

Eco, Umberto,［1976］*A Theory of Semiotics*, ウンベルト・エーコ「内容と指示物」『記号論I』、池上嘉彦・訳、［一九八〇］、岩波書店

江國香織［一九九一］『きらきらひかる』、新潮社

江藤淳［一九七四］『決定版　夏目漱石』、新潮社

藤井淑禎［一九九〇］『不如帰の時代　水底の漱石と青年たち』、名古屋大学出版会

福田眞人［一九九五］『結核の文化史　近代日本における病のイメージ』、名古屋大学出版会

藤尾健剛［一九九七］「御住がお延になるとき（『道草』『明暗』）」、『国文学』四二（六）

Freud, Sigmund［1923］*Das Ich und das Es*, ジークムント・フロイト「自我とエス」、『自我論集』、竹田青嗣・編／中山元・訳、［一九九六］、筑摩書房（ちくま学芸文庫）

Gilligan, Carol［1982］*In a Different Voice*, キャロル・ギリガン『もうひとつの声　男女の道徳観のちがいと女性のアイデンティティ』、岩男寿美子・監訳、生田久美子／並木美智子・訳［一九八六］、川島書店

Girard, René［1961］*Mensonge romantique et Vérité romanesque*, ルネ・ジラール『欲望の現象学　文学の虚偽と真実』、古田幸男・訳、［一九七一］、法政大学出版局

Goffman, Erving［1959］*The Presentation of Self in Everyday Life*, アーヴィング・ゴッフマン『行為と演技　日常生活にお

ける自己呈示』、石黒毅・訳、［一九七四］、誠信書房
花崎育代［二〇〇五］「夫としての漱石」、『国文学　解釈と鑑賞』七〇（六）
早川紀代［一九九八］「一九一〇年代の両性の関係」、『近代天皇制国家とジェンダー　成立期のひとつのロジック』、青木書店
樋口麗陽［一九一七］『物価暴騰逆利用法』、独立出版社
平山亮［二〇一七］『介護する息子たち　男性性の死角とケアのジェンダー分析』、勁草書房
広井多鶴子［二〇〇〇］「「主婦」ということば　明治の家政書から」、『国文研究』二七
本多真隆［二〇二三］『「家庭」の誕生　理想と現実の歴史を追う』、筑摩書房（ちくま新書）
飯田祐子［一九九八］『彼らの物語　日本近代文学とジェンダー』、名古屋大学出版会
飯田祐子［二〇〇五］「『明暗』の「愛」に関するいくつかの疑問」、『漱石研究』一八
飯田祐子［二〇〇九］「エッセイ」、飯田祐子・編『コレクション・モダン都市文化48　恋愛』、ゆまに書房
飯田祐子［二〇一七］「夫／稼ぎ手の呻き　『野分』と『道草』の男性性」、フェリス女学院大学日本文学国際会議実行委員会・編『生誕150年　世界文学としての夏目漱石』、岩波書店
飯田祐子［二〇一七］「明暗」、小森陽一／飯田祐子／五味渕典嗣／佐藤泉／佐藤裕子／野網摩利子・編『漱石辞典』、翰林書房
池上玲子［二〇〇五］「女の「愛」と主体化　『明暗』論」、『漱石研究』一八
今村夏子［二〇二二］「とんこつQ&A」、『とんこつQ&A』、講談社
猪野謙二［一九六六］『明治の作家』、岩波書店
石原千秋［一九八五］「「こゝろ」のオイディプス　反転する語り」、『成城国文学』一
石原千秋［一九九九］『漱石の記号学』、講談社
石原千秋［二〇一六］『反転する漱石　増補新版』、青土社

石原千秋［二〇一七］『漱石と日本の近代（上・下）』、新潮社（新潮選書）
石井クンツ昌子［二〇一三］『「育メン」現象の社会学　育児・子育て参加への希望を叶えるために』、ミネルヴァ書房
伊藤かおり［二〇一一］「男らしさの反措定　夏目漱石『明暗』論」、『近代文学　研究と資料第二次』五
岩野清子［一九一五］『愛の争闘』、米倉書店
泉谷瞬［二〇二一］『結婚の結節点　現代女性文学と中途的ジェンダー分析』、和泉書院
海妻径子［二〇〇四］『近代日本の父性論とジェンダー・ポリティクス』、作品社
角田光代［二〇〇二］『空中庭園』、文藝春秋
鎌田賢三［一九一八］『千円以下で出来る理想の住宅』、鈴木書店
鎌田雄一郎［二〇一九］『ゲーム理論入門の入門』、岩波書店（岩波新書）
鹿野政直［一九八三］『戦前・「家」の思想』、創文社
唐須教光［二〇〇七］『英語と文化　英語学エッセイ』、慶應義塾大学出版会
柄谷行人［一九九二］『漱石論集成』、第三文明社
木村涼子［二〇一〇］『〈主婦〉の誕生　婦人雑誌と女性たちの近代』、吉川弘文館
木村徳国［一九六九］「明治時代の都市住宅」、太田博太郎・編『住宅近代史』、雄山閣
北川扶生子［二〇二一］『結核がつくる物語　感染と読者の近代』、岩波書店
北川扶生子［二〇一二］『漱石の文法』、水声社
北村透谷［一八九二］「厭世詩家と女性」、『女学雑誌』三〇三、三〇五
金水敏［二〇二三］「役割語のジェンダーとパワー」、『社会言語科学』二六（一）
小宮豊隆［一九三七］「解説」『漱石全集』第九巻、漱石全集刊行会
小宮豊隆［一九四二］「『明暗』の材料」、『漱石　寅彦　三重吉』、岩波書店
小森陽一［一九八五］「「こころ」を生成する「心臓」」、『成城国文学』一

小森陽一［一九九五］「金力と権力」、『漱石を読みなおす』、筑摩書房（ちくま新書）
小森陽一［二〇一八］『戦争の時代と夏目漱石　明治維新150年に当たって』、かもがわ出版
小森陽一［一九九八］「結婚をめぐる性差　『明暗』を中心に」、『日本文学』四七（一一）
小山静子［一九九一］『良妻賢母という規範』、勁草書房
久我尚子［二〇一七］「若者の経済格差と家族形成格差」、『生活協同組合研究』四九七
厨川白村［一九二三］『近代の恋愛観』、改造社
桑原桃音［二〇一七］『大正期の結婚相談　家と恋愛にゆらぐ人びと』、晃洋書房
前田愛［一九八二］「山の手の奥　『門』」、『都市空間のなかの文学』、筑摩書房
松浦理英子［二〇一七］『最愛の子ども』、文藝春秋
松澤和宏［二〇〇一］「仕組まれた謀計　『明暗』における語り・ジェンダー・エクリチュール」、『国文学』四六（一）
三浦雅士［二〇〇八］『漱石　母に愛されなかった子』、岩波書店（岩波新書）
三好行雄［一九八三］『鷗外と漱石　明治のエートス』、力富書房
三好行雄［一九八六］「先生はコキュか」、『海燕』五（一一）
三好行雄・編［一九九〇］『漱石書簡集』、岩波書店（岩波文庫）
水川隆夫［二〇一〇］『夏目漱石と戦争』、平凡社（平凡社新書）
水村美苗［一九九〇］『続明暗』、筑摩書房
本谷有希子［二〇一六］「異類婚姻譚」、『異類婚姻譚』、講談社
村上淳子［二〇一九］「「主婦」と日本の近代」、同成社
村田沙耶香［二〇一五］『消滅世界』、河出書房新社
牟田和恵［一九九六］『戦略としての家族　近代日本の国民国家形成と女性』、新曜社
中村桃子［二〇一二］『女ことばと日本語』、岩波書店（岩波新書）

夏目鏡子述・松岡譲筆録［一九二八］「三、結婚式」『漱石の思ひ出』、改造社→［一九九四］『漱石の思い出』、文藝春秋（文春文庫）
夏目漱石［一九〇七］『文学論』、大倉書店→［二〇〇七］『文学論（上・下）』、岩波書店（岩波文庫）
夏目漱石［一九〇八］「野分」、『草合』、春陽堂→［二〇一六］『二百十日・野分』、岩波書店（岩波文庫）
夏目漱石［一九一〇］『それから』、春陽堂→［一九八九］岩波書店（岩波文庫）
夏目漱石［一九一四］『行人』、大倉書店→［一九九〇］岩波書店（岩波文庫）
夏目漱石［一九一四］『こころ』、岩波書店→［一九八九］岩波書店（岩波文庫）
夏目漱石［一九一五］『道草』、岩波書店→［一九九〇］岩波書店（岩波文庫）
夏目漱石［一九一七］『明暗』、岩波書店→［一九九〇］岩波書店（岩波文庫）
ノッター・デビッド［二〇〇七］『純潔の近代　近代家族と親密性の比較社会学』、慶應義塾大学出版会
落合恵美子［一九八九］『近代家族とフェミニズム』、勁草書房
小野浩［二〇〇六］「第一次世界大戦前後の東京における住宅問題　借家市場の動向を中心に」、『歴史と経済』四八（四）
大橋洋一［一九九六］「クィアー・ファーザーの夢、クィアー・ネイションの夢『こころ』とホモソーシャル」、『漱石研究』六
大町桂月［一九〇七］「男性と女性」、『雑木林　桂月文集』、博文館
大沢真理［二〇〇七］『現代日本の生活保障システム　座標とゆくえ』、岩波書店
押野武志［一九九二］「「静」に声はあるのか　『こゝろ』における抑圧の構造」、『文学』季刊三（四）
坂井博美［二〇一二］『「愛の争闘」のジェンダー力学　岩野清と泡鳴の同棲・訴訟・思想』、ぺりかん社
阪井裕一郎［二〇〇九］「明治期「媒酌結婚」の制度化過程」、『ソシオロジ』五四（二）
沢山美果子［二〇〇六］「「近代家族」における男　夫として・父として」、『男性史2　モダニズムから総力戦へ』、阿部恒久／大日方純夫／天野正子・編、日本経済評論社

沢山美果子［二〇一三］『近代家族と子育て』、吉川弘文館
Searle, John R［1979］*Expression and Meaning: Studies in the Theory of Speach Acts*, ジョン・R・サール『表現と意味　言語行為論研究』、山田友幸・監訳、［二〇〇六］、誠信書房
Sedgwick, Eve Kosofsky［1985］*Between Men: English Literature and Male Homosocial Desire*, イヴ・K・セジウィック『男同士の絆　イギリス文学とホモソーシャルな欲望』、上原早苗／亀澤美由紀・訳、［二〇〇一］、名古屋大学出版会
椎名健人［二〇一九］「漱石をめぐる闘争　「木曜会」共同体にみるホモソーシャルな関係性」、『京都大学大学院教育学研究科紀要』六五
Sontag, Susan［1978, 1989］*Illness as Metaphor and AIDS and Its Metaphors*, スーザン・ソンタグ『隠喩としての病い　エイズとその隠喩　新版』、富山太佳夫・訳、［一九九二］、みすず書房
Spender, Dale［1985］*Man Made Language*, デイル・スペンダー『ことばは男が支配する　言語と性差』、れいのるず＝秋葉かつえ・訳、［一九八七］、勁草書房
周藤多紀［二〇一一］「二種類の嘘　アウグスティヌスによる「嘘」の定義」、『アルケー』一九
鈴木貴宇［二〇二二］『〈サラリーマン〉の文化史　あるいは「家族」と「安定」の近現代史』、青弓社
多賀太［二〇一六］『男子問題の時代？　錯綜するジェンダーと教育のポリティクス』、学文社
田口律男［一九九二］「ストラテジーとしての「結婚」「明暗」論序説」、『山口国文』一四
高田千波［二〇一七］「金／金銭」、小森陽一／飯田祐子／五味渕典嗣／佐藤泉／佐藤裕子／野網摩利子・編『漱石辞典』、翰林書房
高橋ハーブさゆみ［二〇一四］「屋根裏の狂男　『三四郎』における女性作家・帝国・クィア文学」、『文学』一五（六）
田中亜以子［二〇一九］『男たち／女たちの恋愛　近代日本の「自己」とジェンダー』、勁草書房
田中俊之［二〇一五］『男がつらいよ　絶望の時代の希望の男性学』、KADOKAWA
田中俊之［二〇〇九］『男性学の新展開』、青弓社

田中俊之［二〇一六］『男が働かない、いいじゃないか！』、講談社（講談社＋α新書）
谷本奈穂／渡邉大輔［二〇一九］「ロマンティックラブ・イデオロギーとロマンティックマリッジ・イデオロギー　変容と誕生」、小林盾／川端健嗣・編『変貌する恋愛と結婚　データで読む平成』、新曜社
谷本奈穂［二〇二一］「ロマンティックラブ・イデオロギーというゾンビ」、『現代思想』四九（一〇）
十川信介［二〇一七］「注」『定本　漱石全集』第十一巻、岩波書店
上野千鶴子［一九九四］『近代家族の成立と終焉』、岩波書店
ヴィンセント，キース［二〇一六］「日本文学をクィア・セオリーで読む　漱石を例に」、『立命館言語文化研究』二八
Wittgenstein, Ludwig［1958］*Philosophische Untersuchungen*, ルートヴィヒ・ウィトゲンシュタイン『哲学探究』、藤本隆志・訳、［一九七六］、大修館書店
山本芳明［二〇一八］『漱石の家計簿　お金で読み解く生活と作品』、教育評論社
山崎ナオコーラ［二〇一六］『美しい距離』、文藝春秋
吉川仁子［二〇一一］「夏目漱石「明暗」論　結婚の要件」、『叙説』三八
吉見俊哉［一九八七］『都市のドラマトゥルギー　東京・盛り場の社会史』、弘文堂
湯沢雍彦［二〇〇三］『データで読む家族問題』、日本放送出版協会

漱石から百年、現代の女性作家も「家族」について考え続けている。

……………飯田祐子

読書案内として、漱石が描いた家族ゲームのその後を、現代小説を通して見つめてみたい。

まずは家族ゲームの虚構性を「秘密」を鍵に炙り出す小説として、**角田光代『空中庭園』**（二〇〇二）をあげよう。京橋家は「何ごともつつみかくさず、タブーをつくらず、できるだけすべてのことを分かち合おう」をモットーにしている家族である。ところが実は、父にも母にも娘にも息子にも、秘密がある。一五歳の娘は両親が自分を妊ったというラブホテルに行き、父には恋人がおり、その恋人が息子の家庭教師として京橋家に入り込んできて、息子は親に内緒でその女性と家の外で会っている。娘は、かくしごとをしないというこの家族ゲームの基本ルールこそが「とてつもなく大きな隠れ蓑になるんじゃないか」と思い至る。かくしごと禁止令がある限り、お互いを疑うことが許されないからだ。最も大きな秘密は、母の秘密である。その秘密とは、京橋家は母の「完全なる計画のもとに端を発している」ことであった。彼女は計画的に妊娠し、結婚したのだった。そしてこの最も大きな秘密を隠すために、かくしごとをしないというルールを母がつくり出したのである。分かち合いどころか、実は秘密を隠すことこそが「家族」という関係性を維持しているというアイロニーが描かれる。

一方で、内側に「秘密」を閉じ込めて共有することで成立する家族もある。**江國香織『きらきらひかる』**（一九九一）は、偽装結婚した夫婦を描く。妻の笑子はアルコール依存症、夫の睦月は同性愛者で、それぞれに社会的な居場所を得る手段として結婚を選ぶ。二人は互いの事情を十分に理解し合っているが、親たちを含む周囲の人々には、それを秘密にしている。「家族」という形式は、二人が社会で生き延びる隠れ蓑になるのである。そして、はじまりは偽装であっても、二人は互いに大切な存在となっていく。社会が用意した家族ゲームを、どう使うかは自由だ。

「家族」的な関係を、その虚構にのっかることで創り出すこともできる。**今村夏子「とんこつQ&A」**（二〇二二）は、「とんこつ」という名前なのにとんこつラーメンがメニューにない中華料理店の物語である。大将は妻を亡くしていて、小さい息子が一人いる。バイトをはじめた「わたし」は、メモがないと話せないという人物で、「らっしゃい」から「ありがとう」まで、さまざまな状況に応じたメモ「とんこつQ&A」を作成している。その後採用された丘崎さんも、このメモを読み上げることで仕事ができるようになっていくのだが、そのうち丘崎さんは亡くなったおかみさんに重ねられるようになり、「わたし」は「とんこつQ&A　～家族Ver.～」を作成することとなる。「お母さん」「はあい」という台詞からはじまる「Q&A」は、息子が中学を卒業するころには「7855532659‐6」番にまで膨らんでいく。「わたし」も一緒に、メモに書かれた虚構の関係が家族の「幸せ」を紡いでいく。

松浦理英子『最愛の子ども』（二〇一七）では、女子高校生たちが、三人のクラスメートを父と母と子どもとして、彼女たちだけの物語を生み出していく。家族は強力なメタファーであり、基本的な関係性を設定して、そのなかで情動を発動させる枠組みになるのである。彼女たちの、彼女たちによる、彼女たちのための物語が、「家族」の物語として描かれる。

村田沙耶香『消滅世界』（二〇一五）は、恋愛も性欲も家族の外に排除して、生殖のみを中心とする「家族（ファミリー）システム」が支持された社会を描くディストピア小説である。さらに小説の後半では、家族システムは「知能が高い動物には不向きな繁殖システム」であるとして、ジェンダー問わず共同体の大人すべてが「おかあさん」となり、すべての子供が共同体の「子供ちゃん」となる「楽園（エデン）システム」の実験が描かれていく。家族のイデオロギー性を露出させたうえで、その破壊を試みる小説である。

このように、家族のゲーム性について、その虚構性を指摘したり認識したりする段階はとうに過ぎ、虚構性を前提にしたさまざまな物語が描き出されるようになっている。家族という枠組みは、その意味で変化しうるものであるし、何を家族という関係の特質とするのかについても、問い直されている。

同時に、それでも家族はあり続けている。最後に、『明暗』は家族のなかでも夫婦を描いた小説なので、夫婦という関係性について語った現代小説を紹介しよう。

本谷有希子「異類婚姻譚」（二〇一六）は、夫婦の顔がそっくりになってくるという事態を描く。夫婦は気が付くと、なぜか似通ってくる。それだけでなく、夫婦だけでいると「目や鼻の位置がなんだか適当に置かれた」ようになり、人であることすら保たれなくなってくる。結婚すると「自分がすべて取り替えられ、あとかたもなくなる」のである。蛇ボールのように、互いが互いの尻尾を共食いしていき最後にはどちらもいなくなるのか、それともどこかで互いに似ることをやめて、自分の体に戻ることにするのか。そもそも異類である夫婦の関係は、他にはない距離で人を結ぶとともに、個であることとはどのようなことかを考えさせる。

夫婦という関係に終わりはあるのかどうか。**山崎ナオコーラ『美しい距離』**（二〇一六）は、妻を病で失う男を描く。男は病身の妻の世話をしながら、「好きな人の爪を切るというのは、こんなにも面白いことだったのか」という愉悦を発見し、髪を整えて「横隔膜の裏の裏辺りからふつふつと喜びが湧いてくる」のを感じる。そして終に妻は亡くなる。妻はだんだん遠ざかっていくが、男が悟るのは、「離れ続けている」ということは「妻が死んだときに距離の開きが決定したのではなくて、死後も関係が動いている」のだということである。この世の命が尽きてなお、関係は続いているのである。

漱石は、私たちの夫婦や家族の物語を想像し得ただろうか。家族ゲームを生きることは幸せなのか囚われなのか。正答のない問いが、今も問い続けられている。

あとがき

漱石の作品のなかでどれが一番好きですかという問いをもらうことがあるが、いつも『明暗』と答えている。漱石の作品のなかで、唯一、女性主人公のいる作品だからだ。しかも、その主人公は言葉を持つ女性で、ほとんど四面楚歌という状態でバトルを繰り広げている。お延は、「戦闘美少女」ならぬ「戦闘新婚妻」なのであり、小説の登場人物として稀有である。男性主人公の方の津田も、それまでの漱石の作品とは異なるタイプで、『明暗』を書くことは漱石にとって大きなチャレンジだったはずである。現在の問題とからめながら名著の解題をするという本シリーズに夏目漱石の作品をという企画をいただいたとき、複数の作品を対象にしてもよいということだったが、他の作品に触れつつも、『明暗』に絞って書くことにした。『明暗』は、当時にとっては新しいタイプの夫婦を描いた小説で、現在の家族のあり方とのつながりが深い。私たちの始点を見つめるつもりで、読めるのではないかと考えた。本書を通してその意図が伝われば、幸いである。

本シリーズは一般書ということで、これまでに書いてきた漱石関係の論文などを組み込みつつ、本書の「家族ゲーム」というテーマを軸にして書き下ろした。それぞれの章に組み込んだものを、記しておく。私自身にとって、漱石について考えてきたことを振り返り、一つにまとめる有り難い機会ともなった。

序章：「明暗」（小森陽一／飯田祐子／五味渕典嗣／佐藤泉／佐藤裕子／野網摩利子・編『漱石辞典』、翰林書房、二〇一七）

第二・五章：「『明暗』〈嘘〉の物語・三角形の変異体」（『彼らの物語　日本近代文学とジェンダー』、名古屋大学出版会、一九九八）

第三章：「夫／稼ぎ手の呻き『野分』と『道草』の男性性」（フェリス女学院大学日本文学国際会議実行委員会・編『生誕150年　世界文学としての夏目漱石』、岩波書店、二〇一七）

第四章：「『明暗』の「愛」に関するいくつかの疑問」（『漱石研究』一八、二〇〇五）、「エッセイ」（飯田祐子・編『コレクション・モダン都市文化48　恋愛』、ゆまに書房、二〇〇九）

漱石は論じられることの多い作家である。私は、ジェンダーやセクシュアリティなどの問題系に関心を持って読んできたが、漱石の作品群はこの問題系でも読み応えがある。分かるという共感を覚えるというのではなくて、むしろどうしてこのように書かれているのかよく分からないという疑問が浮かんできて、読み続けてきた。そして細部を読み込んでいくと、異なる糸を次々に引っ張り出すことができる。一つの論文を書いたあとにも、論じられていない部分がまだまだ多く残されていると感じられる、多層的で複雑な作品である。本書では、五つの糸を読んでみたが、他の読み方で読み込めるところがたくさん残っているだろうし、私たちの感じ方や考え方が変化するにしたがって、新しい物語の糸が引き出されていくのだろうと思う。

本書の企画をいただいたのは、二〇一六年のことだったが、あっという間に八年たってしまった。編集の中西豪士さんから長期休暇のたびに進捗状況について連絡をもらい、そのおかげでなんとか一冊にまとめることができた。見放さず支えていただいたことに、心から感謝申し上げたい。また、私の家族ゲームのメンバーである夫と娘、そして八〇歳を過ぎた母に感謝を伝えたい。家族がいると、思うようにならないことが増えるが、それを面白く感じて過ごせていることを有り難く思う。家族がいることで、一人だったらしないこと、見ないこと、考えないこと、知らないことに次々と遭遇してきた。これからも、そうだろう。家族とのあれやこれやの交渉の経験が、家族以外の人とのつながりに生かせたらとも思う。分断の時代だと感じることも少なくない。家族について考えることは、他者との共存について考えることにつながっている。家族は、自分とは重ならない他者と過ごす不自由さと面白さを経験する最も身近な場である。漱石にとっても、そうだったのではないだろうかと感じている。

二〇二四年一〇月七日

飯田祐子（いいだ・ゆうこ）
1966年、愛知県生まれ。名古屋大学大学院文学研究科、博士（文学）。
現在、名古屋大学大学院人文学研究科教授。専門は、日本近現代文化・文学、ジェンダー批評。
単著に『彼女たちの文学　語りにくさと読まれること』（2016年、名古屋大学出版会）、『彼らの物語　日本近代文学とジェンダー―』（1998年、名古屋大学出版会）、共編著に『プロレタリア文学とジェンダー　階級・ナラティブ・インターセクショナリティ』（2022年、青弓社）、『女性と闘争　雑誌「女人芸術」と一九三〇年前後の文化生産』（2019年、青弓社）など。

いま読む！名著

家族《かぞく》ゲームの世紀《せいき》

夏目漱石『明暗』を読み直す

2024年12月20日　第1版第1刷発行

著者　飯田祐子
編集　中西豪士
発行者　菊地泰博
発行所　株式会社現代書館
〒102-0072　東京都千代田区飯田橋3-2-5
電話 03-3221-1321　FAX 03-3262-5906　振替 00120-3-83725
http://www.gendaishokan.co.jp/
印刷所　平河工業社（本文）　東光印刷所（カバー・表紙・帯・別丁扉）
製本所　積信堂
ブックデザイン・組版　伊藤滋章
校正協力：高梨恵一

ISBN978-4-7684-1023-3
定価はカバーに表示してあります。乱丁・落丁本はおとりかえいたします。

活字で利用できない方のための
テキストデータ請求券
『家族ゲームの世紀』

「いま読む！名著」シリーズ　好評発売中！

遠藤　薫　廃墟で歌う天使　ベンヤミン『複製技術時代の芸術作品』を読み直す

小玉重夫　難民と市民の間で　ハンナ・アレント『人間の条件』を読み直す

岩田重則　日本人のわすれもの　宮本常一『忘れられた日本人』を読み直す

福間　聡　「格差の時代」の労働論　ジョン・ロールズ『正義論』を読み直す

美馬達哉　生を治める術としての近代医療　フーコー『監獄の誕生』を読み直す

林　道郎　死者とともに生きる　ボードリヤール『象徴交換と死』を読み直す

出口　顯　国際養子たちの彷徨うアイデンティティ　レヴィ＝ストロース『野生の思考』を読み直す

伊藤宣広　投機は経済を安定させるのか？　ケインズ『雇用・利子および貨幣の一般理論』を読み直す

田中和生　震災後の日本で戦争を引きうける　吉本隆明『共同幻想論』を読み直す

妙木浩之　寄る辺なき自我の時代　フロイト『精神分析入門講義』を読み直す

井上義朗　「新しい働き方」の経済学　アダム・スミス『国富論』を読み直す

井上隆史　「もう一つの日本」を求めて　三島由紀夫『豊饒の海』を読み直す

坂倉裕治　〈期待という病〉はいかにして不幸を招くのか　ルソー『エミール』を読み直す

沖　公祐　「富」なき時代の資本主義　マルクス『資本論』を読み直す

番場　俊　〈顔の世紀〉の果てに　ドストエフスキー『白痴』を読み直す

寺田俊郎　どうすれば戦争はなくなるのか　カント『永遠平和のために』を読み直す

小林大州介　スマートフォンは誰を豊かにしたのか　シュンペーター『経済発展の理論』を読み直す

内田亮子　進化と暴走　ダーウィン『種の起源』を読み直す

森　一郎　核時代のテクノロジー論　ハイデガー『技術とは何だろうか』を読み直す

荒川敏彦　「働く喜び」の喪失　ヴェーバー『プロテスタンティズムの倫理と資本主義の精神』を読み直す

板橋勇仁　こわばる身体がほどけるとき　西田幾多郎『善の研究』を読み直す

松井隆志　流されながら抵抗する社会運動　鶴見俊輔『日常的思想の可能性』を読み直す

今後の予定……………ホッブズ『リヴァイアサン』、ニーチェ『愉しい学問』

各2200円＋税　定価は2024年10月1日現在のものです。

「家族のありかた」はひとつじゃない！

小玉重夫
『難民と市民の間で』

ハンナ・アレント『人間の条件』を読み直す

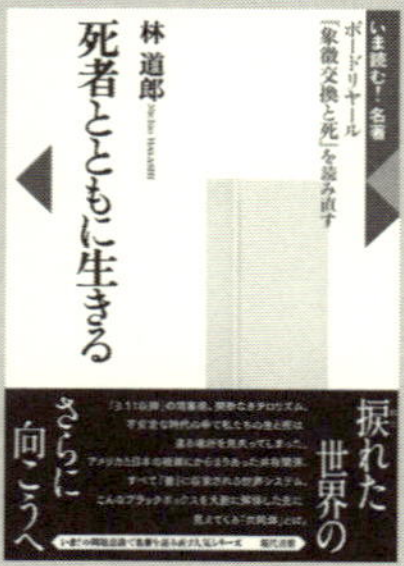

林 道郎
『死者とともに生きる』

ボードリヤール『象徴交換と死』を読み直す

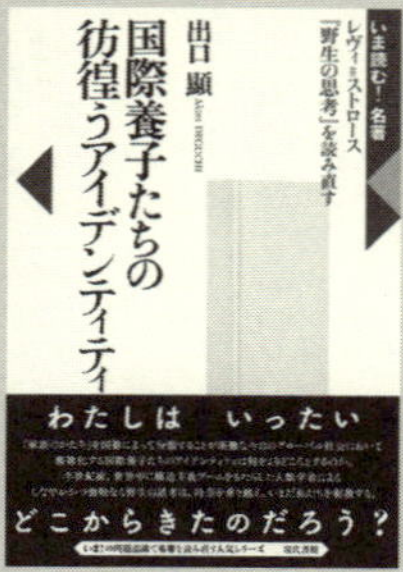

出口 顯
『国際養子たちの彷徨うアイデンティティ』

レヴィ＝ストロース『野性の思考』を読み直す

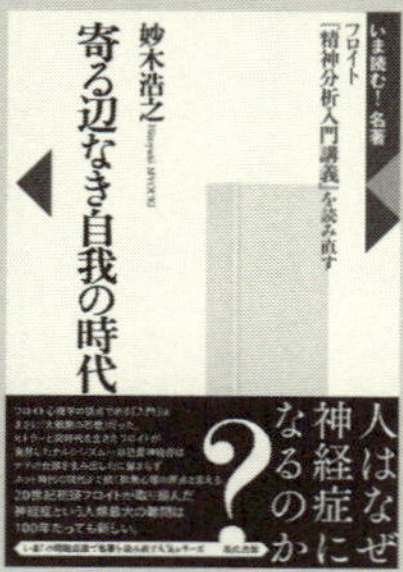

妙木浩之
『寄る辺なき自我の時代』

フロイト『精神分析入門講義』を読み直す